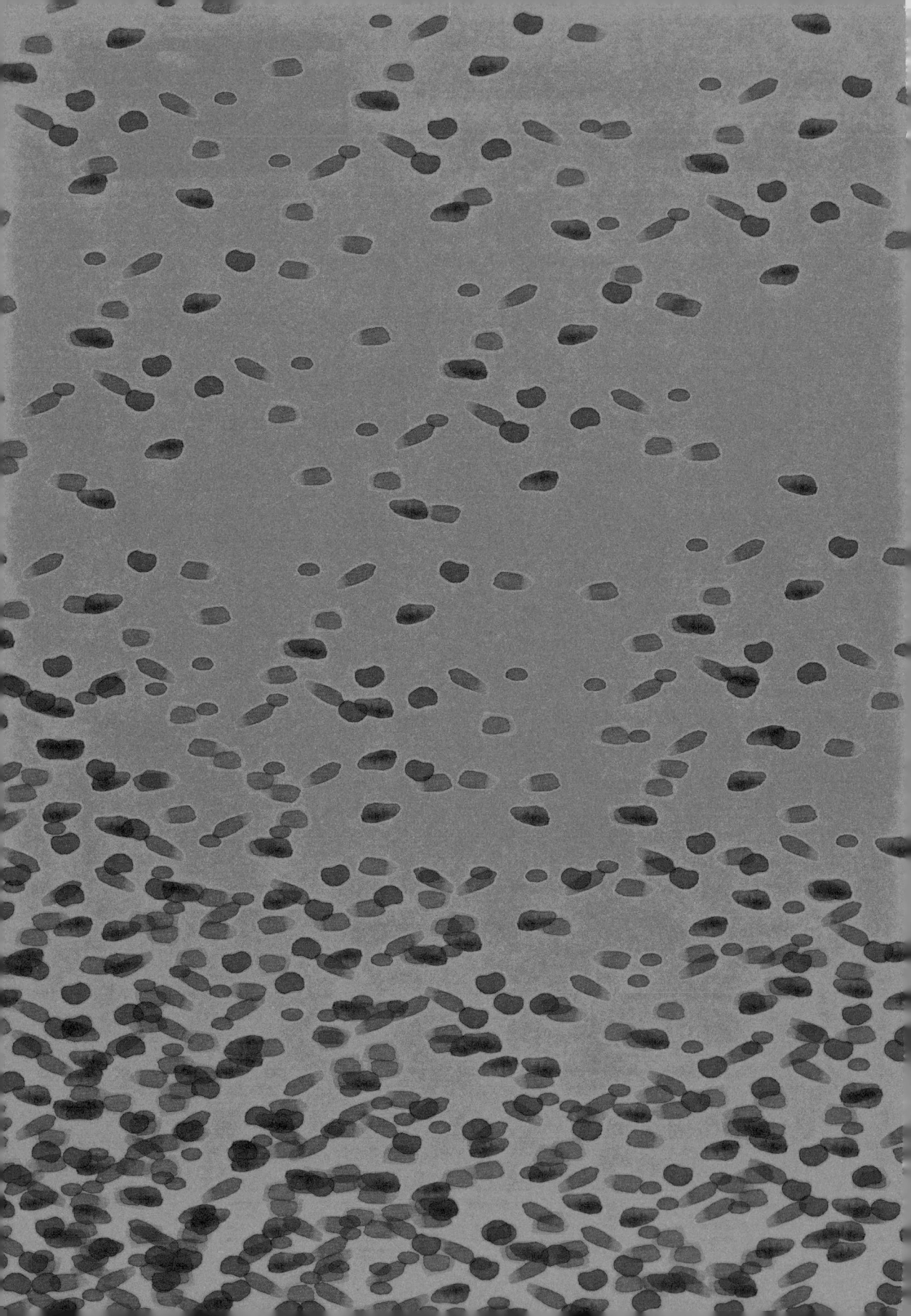

Sie ruft, liegt, wartet,
deine Kindheit.
Sie lacht, weint, summt,
bis du endlich
zurückkommst
und sie dich wieder
kleiden kann.
S.K.

# Die Wildmohn *frau*

Ein Roman von Sarah Knausenberger
illustriert von Elke Ehninger

KUNSTANST!FTER

4

## Wenige Worte können ein ganzes Leben aus den Angeln heben.

WIE MEINES WOHL verlaufen wäre, wenn es diese kleine Anzeige nicht gegeben hätte? Wenn sie nicht gedruckt worden wäre oder wenn meine Mutter sie nicht gelesen hätte? Oder wenn wenigstens dieses eine Wort nicht darin aufgetaucht wäre: Wildmohnfrau. Denn ich denke, das war es, was meine Mutter so angezogen hat. Wildmohnfrau, das hat einen romantischen, wilden Klang. Da schwingt etwas mit, was meine Mutter nie war, aber vielleicht gern gewesen wäre.

Vor Kurzem bin ich raus in die Felder geradelt, die sich rund um die Stadt ausbreiten. Ich wollte das Gefühl noch mal auskosten, nie wieder in die Schule zu müssen. Weg mit den auswendig gelernten Geschichtsaufsätzen, weg mit den Matheformeln und den dreitausendachthundert Russischvokabeln! Ich ließ den Lenker los und fuhr freihändig, vorbei an stinkenden Kohlfeldern und Pferdekoppeln, bis zu den Weizenfeldern. Es war Mitte Juli, die Ähren standen stramm und schwerköpfig zur Ernte bereit. Und dazwischen wiegte sich der Mohn.

Ich stellte mein Fahrrad ab, ging hin und pflückte eine der Mohnblumen. Diese seidige knallrote Blüte mit den schwarzen Haaren in der Mitte. So schön. Aber so fragil. Sie schwankte in meiner Hand. Ohne die stabilen Ähren, die sie im Feld gestützt hatten, konnte sie sich kaum halten.

Genau so war es damals mit der Wildmohnfrau. Sie verlieh unserem Leben Farbe und rief Träume in uns wach, auf die wir nie allein gekommen wären. Aber ihre Labilität bestimmte uns. Alle wussten, wenn wir nicht tun, was sie sagt, knickt sie um.

Die Grillen zirpten, die Sonne war am Untergehen. Ich betrachtete die Mohnblume, die schlaff in meiner Hand lag, und das rotfleckige Weizenfeld, über dem jetzt ein goldener Schimmer hing. Und da beschloss ich, alles aufzuschreiben. Wenn wenige Wort ein Leben aus den Angeln heben können, muss es doch auch möglich sein, es mit Worten wieder einzurenken.

## Borstige Kräuter

Zur Flora der Alten Welt mit ihrer
gemäßigten und subtropischen Zone gehören
die Papaveroidae, borstige Kräuter.
Nachdem die zwei Kelchblätter abgefallen
sind, erscheinen vier dünne, zerknitterte
Blütenblätter, die durch ihre reinen
gelben bis roten Farben weithin leuchten.*

*NOVAK, F. A.: Das große Bilderlexikon der Pflanzen, Artia, Prag.
Im Bertelsmann Lesering, Gütersloh, 1965, S. 139

# 1. Kapitel

ALS MEINE MAMA eines Abends einen Wäschekorb voller Klamotten auf den Beifahrersitz ihres hellblauen VW Käfers quetschte, mir ein Bettchen auf der Rückbank machte und sagte, wir würden auf Reisen gehen, hatte ich keine Ahnung, dass sie gerade meinen Papa für eine Frau in Stuttgart verließ. Ich war fünf Jahre alt.

»Wohin fahren wir?«, fragte ich und beobachtete einen Lastwagen, der hupend an uns vorüberzog.

»Zur Wildmohnfrau«, sagte Mama.

Sie hatten sich über eine Anzeige in der TAZ kennengelernt, die meine Mutter ausgeschnitten hatte und später auf die erste Seite ihres gemeinsamen Fotoalbums klebte.

»Fliegen statt kriechen«, war die Überschrift. Darunter stand: »Wildmohnfrau mit Tochter sucht Schmetterling. Hast du es auch satt, für Männer auf dem Boden zu kriechen? Lass uns gemeinsam die Flügel ausbreiten und in die Freiheit fliegen. Nur motorisierte Frauen. Bitte in Stuttgart abholen.«

Mama war die Einzige, die sich gemeldet hatte, und nun waren wir auf dem Weg zu ihr. Ich erinnere mich nicht mehr an die Fahrt, ich muss geschlafen haben. Aber mitten in der Nacht weckte Mama mich auf. »Wir sind da«, sagte sie. Sie nahm mich auf den Arm und lief mit mir zu einem weißen Haus mit mehreren Klingelschildern. Stand lange davor und guckte. Dann schob sie mich auf ihre andere Hüfte, holte tief Luft und klingelte. Ein paarmal noch wechselte ich von einer Seite auf die andere. Dann ging das Licht an und eine Frau mit wirren schwarzen Locken und rotem Morgenmantel öffnete die Tür. Ich wusste sofort, dass sie es war. Mama stellte mich ab, Steinchen piksten durch meine Strümpfe. Die beiden sahen sich wortlos an. Dann fielen sie sich wortlos in die Arme.

»Ich habe schon geschlafen«, murmelte die Wildmohnfrau und fuhr sich verträumt durch die Haare.

»Tut mir leid«, sagte Mama.

»Macht nichts«, sagte die Wildmohnfrau. »Kommt rein.«

Sie lief in die Wohnung, wir hinter ihr her. Und so fing alles an.

»Das ist mein Zimmer«, sagte sie und deutete auf die eine Tür.

»Da schläft auch meine Tochter Toni. Und das hier ist erst mal eures.«

Wir machten kein Licht, sondern legten uns gleich auf das Sofa, das dort stand, und schliefen ein.

Sehr früh am Morgen wurde ich von einem Klappern geweckt. Erst wusste ich nicht, wo ich war. »Mama?«, fragte ich, aber ihre Augen waren noch fest geschlossen. Ich sah mich um. Auf dem Boden direkt vor unserem Sofa saß ein Mädchen mit schwarzen Haaren und baute irgendetwas. Sie schien hochkonzentriert und sah uns nicht an. Über ihr hing eine Stofflampe mit Fransen und verbreitete schummriges Licht. In der Türe lehnte die Wildmohnfrau und lächelte. »Toni ist eine Frühaufsteherin. Ich leg mich noch mal kurz hin.«

Jedes Mal, wenn Toni ein Klotz herunterfiel, zuckte Mama zusammen. Irgendwann sagte sie: »Ach bitte …!«, und legte sich den Arm über das Gesicht. Da stand ich auf und setzte mich neben Toni, um die Klötze aufzufangen, bevor sie klackerten.

Später kam die Wildmohnfrau herein und deckte den Tisch, unser Zimmer war wohl auch das Esszimmer. Sie trug ihren roten Morgenmantel, er glänzte seidig. Ihre Arme hingen voller Silberreifen, die rasselten, wenn sie sich bewegte. Mama fuhr auf und versuchte, die Augen zu öffnen, aber sie waren so verklebt, dass sie nicht aufgingen. Die Wildmohnfrau musste sie ins Bad führen.

Zum Frühstück gab es Hirsebrei, ich aß ihn zum ersten Mal, und ich erinnere mich noch genau daran.

»Das sind Goldkörner voller Licht«, erklärte uns die Wildmohnfrau. »Sie stehen für Sonntag, Sonne und Gold. Wenn ich morgens eine Schüssel davon esse, geht es mir den ganzen Tag gut.« Sie strahlte uns an und fuhr sich durch die Haare. Dann teilte sie aus. Auch ich wurde beschenkt. Scheu lächelte ich zu ihr auf und tauchte meinen Löffel in die Schüssel. Dann aber kam der Schock, denn der Brei schmeckte fad und bitter. Als ich versuchte, den Bissen ohne Kauen herunterzuschlucken, musste ich würgen. Ich drehte mich zu Mama um. Aber die führte ein wichtiges Gespräch mit der Wildmohnfrau. Da öffnete ich den Mund und ließ die Goldkörner wieder in die Schüssel zurückfallen. Als ich aufsah, schoss mir die Wildmohnfrau einen Blick zu, der mich wie ein Pfeil durchbohrte und ein tiefes Schuldgefühl in mir hinterließ. Toni, die ihren Brei brav zu Ende löffelte, bekam ein süßliches Lächeln, bei dem die Wildmohnfrau die Lippen wie eine Knospe zusammenspitzte.

Lange wartete ich darauf, dass wir wieder zurück zu Papa fahren würden. Oder dass er zur Tür hereinkommen würde, wie zu Hause jeden Abend nach der Arbeit. Er würde mich in die Luft schmeißen, laut lachen und mich danach fest an sich drücken, sein Bart würde meine Backen kitzeln. Nach einigen Tagen trugen Mama und die Wildmohnfrau Bretter aus dem Keller herauf, hantierten aufgeregt mit einem Bohrer herum und lachten viel. Als sie fertig waren, sagte die Wildmohnfrau: »Na, wie gefällt dir das Bett, Mia?«

»Ist es für Papa?«, fragte ich.

»Ach was. Für dich!«, sagte sie. »Damit deine Mama ein bisschen mehr Platz auf dem Sofa hat.«

»Ich will es nicht«, sagte ich.

»Mia!«, sagte Mama.

»Nein«, rief ich. »Nein, nein, nein!«, und dann rannte ich barfuß über die kalten Fliesen im Treppenhaus zur Haustür raus. Draußen hatte es geregnet, aber das störte mich nicht. Ich setzte mich auf den Treckerreifen, der Tonis Sandkasten war, und warf Sand gegen die Hauswand. Immer weiter und weiter. Irgendwann sah ich Toni aus den Augenwinkeln hinter mir stehen, und ich erwartete, dass sie anfangen würde zu weinen oder ihre Mama zu rufen. Wir hatten bisher noch nicht miteinander geredet. Nie hatte sie mich auch nur angesehen. Aber jetzt stand sie da und schaute. Dann kam sie langsam näher, bückte sich, nahm eine Handvoll Sand und warf ihn ebenfalls gegen die Wand. Wir wurden immer wilder, der Sand spritzte auf unsere Haare, wir kreischten und schaufelten mit beiden Händen, bis kein Sand mehr im Reifen war.

Von diesem Tag an hielten uns viele Menschen für Schwestern. Dabei hätten wir nicht unterschiedlicher sein können. Toni hatte schwarze Haare, ich rote. Toni war extrem scheu. Mich zogen fremde Menschen an, und wenn Besuch kam, saß ich früher oder später auf dessen Schoß. Toni konnte klettern wie ein Äffchen und holte sich später in Tanzkursen Medaillen, ohne je zu üben. Ich stand bei den Tanzkursen immer an der Wand, weil ich groß war und den Jungs ständig auf die Füße trat. In der Schule war Toni still, ich bei jeder Diskussion dabei. Schneeweißchen und Rosenrot nannte uns die Lehrerin.

Statt eines klassischen Elternhauses hatten wir nun zwei Mütter. Es war, als hätten wir an dem Morgen im Sandkasten verstanden, dass unsere Mütter die Loyalität zu ihren Töchtern gegen die Loyalität zueinander ausgetauscht hatten. Es war ein Schmerz, der uns zusammenschweißte und der auch verlangte, dass wir uns gegenseitig vor den eigenen Müttern schützten. Zum Beispiel wurde die Wildmohnfrau manchmal jähzornig, und ihre Wut richtete sich immer gegen Toni. Einmal verfuhr sie sich, als wir unterwegs zu irgendeinem Fest waren. Sie saß am Steuer, wir Kinder hinten. Sie fuhr immer hektischer und fing an herumzuschreien, dass es Tonis Schuld sei, weil sie sie abgelenkt habe. Plötzlich hielt sie an, zerrte Toni aus dem Auto und fuhr weiter. Da zwängte ich mich nach vorne auf den Beifahrersitz und öffnete die Tür des fahrenden Autos. Die Wildmohnfrau war gezwungen, anzuhalten und zu warten, bis Toni wieder hereingeklettert war.

Der Verrat meiner Mutter war stiller. Er bestand darin, dass sie immer weniger für mich da war. Wenn wir Kinder uns stritten und ich bei ihr Trost suchte, wandte sie sich ab. Sie wollte der Wildmohnfrau zeigen, dass sie mich nicht ihrer Tochter vorzog. Und sie war jetzt oft weg, hatte alle möglichen Jobs, mit denen sie versuchte, uns über Wasser zu halten. Um vier Uhr morgens stand sie auf, um Briefe auszuteilen, außerdem arbeitete sie auf einem Bio-Bauernhof. Dafür wurde sie nicht bezahlt, aber wir bekamen Gemüse umsonst. Und manchmal eine Großlieferung Hirse. Die Wildmohnfrau konnte nicht arbeiten, denn sie hatte oft Migräne. Dann wollte sie, dass ich ihr die Füße massierte und Toni musste Unkraut jäten oder Fenster putzen. Aber egal, was sie machte, es war dann nie recht. So war es, wenn es der Wildmohnfrau schlecht ging. Wenn es ihr gut ging, war alles anders. Dann saßen wir mit unseren Müttern noch lange nach dem Abendessen am Tisch und schmiedeten Pläne. Die Wildmohnfrau versprach, dass wir bald auf Reisen gehen würden. »Wir sind freie Menschen«, sagte sie. »Total frei.« Ihre Augen funkelten. »Wir können auch auswandern!« Aber zunächst würden wir mit dem Auto über die Alpen nach Italien fahren. Oder, wenn wir Lastminute-Flüge erwischten, nach Burma und Thailand. Das könnte schon sehr bald sein. »Vielleicht schon nächste Woche«, sagte sie manchmal, und dann sprangen Toni und ich auf und zerrten die Koffer unter unseren Betten hervor. Letztendlich kam es nie zu irgendeiner Reise. Immer fehlten ein paar Mark oder die Wildmohnfrau bekam Migräne.

In dieser Zeit begannen wir, für Frau Ida zu arbeiten. Frau Ida war unsere alte Nachbarin, sie trug ein Kopftuch und wir gingen davon aus, dass sie eine Hexe war. Wir hatten sie öfter von unserem Wohnzimmerfenster aus beobachtet, wie sie in ihrem Garten herumwerkelte. Manchmal hatten wir an die Scheiben geklopft und uns dann schnell geduckt, wenn sie sich umdrehte, und das immer wieder, bis sie irgendwann »Ja, Herrgottsakramentnochamal!!« kreischte und die Hacke zu uns nach oben reckte.

Einmal spielten wir in unserem winzigen Garten. Es war ein kalter Herbstnachmittag und wir froren. Wir sogen an dünnen Stöckchen, als wären es Zigaretten, und pafften Wölkchen in die Luft. Da stand Frau Ida plötzlich an der Hecke und winkte uns zu sich. Wir hatten schreckliche Angst, gehorchten aber, weil sie uns sonst sicherlich auf der Stelle verhext hätte. In einen Baumstumpf vielleicht oder in einen Rechen oder eine Hacke. Dann hätten wir die ganze Nacht im Garten stehen oder draußen an der Hauswand lehnen müssen, und das wollten wir nicht. Frau Ida sprach mit einem starken schwäbischen Akzent, sodass ich nicht alles verstand außer »... a bisserl helfe ...« und »... riaberkumme.« Also krochen wir an der Stelle zwischen Hecke und Hauswand hinüber in ihren Garten.

Frau Ida war nicht viel größer als wir, hatte Haare am Kinn und einen goldenen Zahn. Sie drückte uns Laubrechen in die Hand und wir begannen sofort, zu arbeiten. Aus Angst vor ihr gaben wir uns große Mühe. Nach einer Stunde war in Frau Idas Garten kein Blatt mehr zu sehen, an vielen Stellen nicht einmal mehr Gras. Nur in der Mitte prangte jetzt ein großer Laubhaufen. Erschöpft ließen wir uns darauf nieder. Toni hatte rote Bäckchen bekommen und auch mir war richtig heiß geworden. Da kam Frau Ida aus dem Haus und winkte uns. Erschrocken blickten wir uns an. Sollten wir aufspringen und fliehen? Oder einen Blick ins Hexenhäuschen wagen? Unsere Neugier überwog.

Die Küche war winzig und roch nach Pflaumenmarmelade. Frau Ida redete irgendwas von »... kei Fleisch auf de Knoche ...« und »... kei Zuständ ...«, nahm etwas aus dem Kühlschrank, und dann hatte ich plötzlich den Mund voller Wurst. Ich sah, wie Frau Ida auch Toni eine blasse Scheibe nach der anderen hineinstopfte, bis diese mit offenem Mund anfing zu weinen.

»Ha, was denn!«, rief Frau Ida. Sie konnte ja nicht wissen, dass wir Vegetarier waren. Mit ihrer Schürze wischte sie Toni die Tränen ab, und dann drückte sie jedem von uns ein Geldstück in die Hand.

Es war unser erstes selbstverdientes Geld, und als wir wieder auf der Straße standen, konnten wir unser Glück nicht fassen. Wir beschlossen, unseren Müttern nichts davon zu erzählen, sondern heimlich für die Reise zu sparen und sie damit zu überraschen.

Planche 92
Her er Ild i Møllen,
Det er Krig!
— Her er Ild paa Kjollen,
Det gjør Eieren rig!

13

Frau Ida winkte uns nun öfter an den Zaun, und immer, wenn wir etwas für sie erledigten, gab es ein paar Pfennige zur Belohnung. Meine bewahrte ich in einem Strumpf unter meiner Matratze auf. Eines Tages schlug ich Toni vor, unser Geld zusammenzuzählen. Aber da wandte Toni sich verlegen ab und begann, sich um eine Schorfwunde an ihrem Knie zu kümmern.

»Was ist? Hol doch mal dein Geld.«

Toni popelte weiter. Ich wartete.

»Mama hat es sich geliehen«, sagte sie irgendwann leise.

Ich rannte hinaus, laut mit der Türe knallend. In meiner Wut ging ich zu den Nachbarn im Reihenhaus gegenüber, klingelte und fragte, ob Katha da sei. Katha war ein Mädchen in unserem Alter, wir hatten sie schon öfter gesehen und fanden sie doof. Beim Anblick unserer Weinbergschnecken, mit denen wir Wettrennen veranstalteten, war sie kreischend davongerannt. Aber als sie jetzt in der Tür auftauchte, fragte ich, ob sie mit mir spielen wolle. Und das, obwohl sie einen pinken Glitzerpferdepulli trug.

Von nun an traf ich mich täglich mit Katha. Entweder saßen wir bei ihr vor dem Fernseher – unsere Mütter verpönten Fernseher, daher hatten wir keinen – oder Katha fing mit einer ihrer dämlichen Mutproben an. Einmal versuchte sie, mich damit zu beeindrucken, dass sie mit bloßer Hand in ihre eigene Kackwurst griff, die sie gerade ins Klo gelegt hatte. Ich hasste Katha. Aber Toni litt darunter, dass ich nicht mehr mit ihr spielte, und das war wichtiger.

Einige Tage später brauchte die Wildmohnfrau meine Hilfe. Sie erwartete Besuch von ihrer Frauengruppe, und ausgerechnet jetzt hatte sie Migräne. Das Treffen würde in unserem Wohn-Schlafzimmer stattfinden. Die Wildmohnfrau lag auf Mamas Sofa, einen kühlen Lappen auf der Stirn.

Alle Sachen von uns sollten auf die Seite geräumt werden, und dann musste ich noch unter das Sofa kriechen und alles hervorholen, was sich da unten angesammelt hatte, Murmeln, Käsereste, Socken. Als ich mich endlich wieder mit rotem Kopf aufrichtete und meinte, die Arbeit wäre geschafft, sagte sie: »Und jetzt hol noch den Staubsauger.«

»Nein«, hörte ich mich sagen.

»Wie bitte?«

»Nein«, sagte ich. »Ich mach das nicht. Ich – ich bin ein freier Mensch.«

Die Wildmohnfrau prustete durch die Nase. »Du solltest dich mal hören«, sagte sie, dann stand sie auf und wankte aus dem Zimmer. Aber

Toni stand in der Tür, und ich sah ein Lächeln über ihr Gesicht huschen. Nur ganz kurz, dann war es wieder weg. Mir genügte es.

»Wollen wir Schnecken sammeln gehen?«, fragte ich schnell. Da ging Toni zum Fenster und öffnete es, und wir kletterten mit Hausschuhen in den Garten.

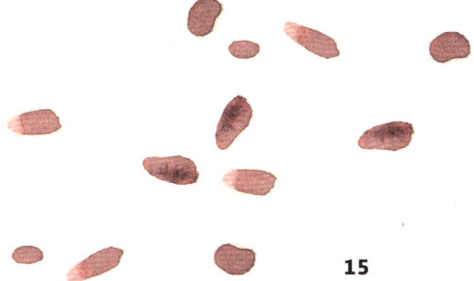

## Der Klatschmohn

Im Getreide als Unkraut wohnt der
Klatschmohn. Seine Narbe ist mit Haarleisten,
die strahlenförmig angeordnet sind, geziert.
Nektar bietet er den Insekten nicht,
dafür aber umso reichlicher Pollen. Beschirmt
von der Narbe, reifen in der Kapsel die
sandkornfeinen Samen heran. Wenn dann
unmittelbar unter dem Narbenrand
Löcher erscheinen, ist auch der Stängel
verholzt und elastisch geworden, sodass
mit jedem Windstoß Samenkörner ausgestreut
werden. Morphin und Opium wird aus
dem Garten- oder Schlafmohn gewonnen.*

*Novak, F. A.: Das große Bilderlexikon der Pflanzen, Artia, Prag.
Im Bertelsmann Lesering, Gütersloh, 1965, S. 138

# 2. Kapitel

ALS DIE WILDMOHNFRAU schwanger wurde, verstärkten sich ihre Migräneanfälle. Wie sie schwanger geworden war, konnte ich mir nicht erklären, Toni auch nicht. Aber ich hatte das Gefühl, dass der Typ mit dem blonden Zopf etwas damit zu tun hatte. Er war in letzter Zeit öfter da und schlich immer in der Nähe der Wildmohnfrau herum. Harri hieß er. Er redete kaum, aber wenn er in der Küche auf unserer Eckbank saß und in seinem Buch las, lachte er manchmal laut auf. Das gefiel mir. Manchmal blieb er über Nacht, das sah ich an den Stiefeln, die morgens noch im Flur standen und die nach Pferd rochen. Vielleicht war Schwangersein ansteckend, und Harri hatte die Wildmohnfrau angesteckt? Jedenfalls ging es der Wildmohnfrau schlecht. Und weil ich, wie sie sagte, am besten von allen Füße massieren konnte, verbrachte ich nun viele Stunden im Dämmerlicht ihres Zimmers an ihrem Bett. Oft stöhnte sie und sagte, dass sie vielleicht sterben müsse. Ich versuchte, mich an ihr Lachen zu erinnern. Wie ein lautes Wiehern hatte das geklungen. Oder daran, wie sie in ihrem roten Morgenmantel durch die Wohnung geglitten war. Stolz wie eine Königin. Jetzt lag sie zusammengekrümmt unter ihrer Decke, die schwarzen Locken hingen schlaff von ihrem Kissen herunter und ein säuerlicher Geruch ging von ihr aus.

»Wie geht es ihr?«, fragte Mama mich einmal beim Mittagessen.

»Schlecht«, sagte ich und massierte meine schmerzenden Hände. »Wahrscheinlich stirbt sie bald. Kann man eigentlich in den Fingern Muskelkater bekommen?«

Da rannte Toni weinend aus der Küche. Entsetzt sah Mama mich an. Toni war sensibel, und ich hatte sie verschreckt. Um es wiedergutzumachen, lief ich Toni hinterher. Ich fand sie in unserer Spielecke, dort kniete sie auf dem Boden und malte einen Regenbogen. Es wunderte mich, dass sie noch Lust am Malen hatte, denn wir besaßen nur drei Wachsblöckchen. Die Wildmohnfrau hatte Mama erklärt, dass Kinder bis zum siebten Lebensjahr nur die drei Grundfarben Gelb, Rot und Blau besitzen sollten, weil das die Kreativität fördere, und da hatte Mama meine ganzen restlichen Stifte an Kinder in Rumänien geschickt. Seitdem malte ich nicht mehr.

»Ich hoffe, dass ich so was später nie kriege«, sagte ich, um irgendetwas zu sagen.

»Was?«, fragte Toni.

»Na, so eine Schwangerschaft.«

Toni sah von ihrem Regenbogen auf, ihre Augen verengten sich zu Schlitzen.

»Mama hat keine Krankheit. Mama kriegt ein Kind.«

»Hä?«

»Ja. Mama hat ein Kind im Bauch. Meine Schwester.«

Da verzog ich mich auf mein Bett. Mein Bett war meine Insel, manchmal auch mein Schiff, jedenfalls der einzige Ort, der mir gehörte. An die Bettkante hatte ich ein Schild gehängt: »Betreten verboten.« Harri hatte mir beim Schreiben geholfen. Unter der Decke begann ich, lautlos zu weinen. Wie konnte die Wildmohnfrau mir so etwas antun? Warum wollte sie Toni eine echte Schwester geben? Wo sie doch mich hatte? Ich war wohl nicht gut genug. War keine richtige Schwester … Es fühlte sich an, als ob Toni, der vertrauteste Mensch in meinem Leben, mir gerade entglitt.

Erst, als ich einen kühnen Entschluss fasste, konnte ich mit dem Weinen aufhören: Nie, nie wieder würde ich der Wildmohnfrau die Füße massieren.

Von nun an ging ich öfter zu Frau Ida, unserer alten Nachbarin. Sie war immer sehr beschäftigt: Laub rechen, Marmelade kochen, Stollen backen, Ofen putzen, ihre Hände hielten nie still. Wenn sie mich in der Türe stehen sah, freute sie sich und sagte: »Ha noi, die Mia.« Dann wischte sie die Hände an ihrer Schürze ab, humpelte in die hintere Kammer und holte mir Kinderschokolade oder ein Überraschungsei. Alles aß ich sofort auf, denn zu Hause durften wir kein Zuckerzeug essen. Dann setzte ich mich zu ihr auf die Eckbank und half ihr, Äpfel zu entkernen.

Einmal, als ich zurück in unsere Wohnung schlich, standen im Flur nicht nur Harris Stiefel, sondern mindestens zehn Paar Männersandalen. Ich lugte um die Ecke in unser Zimmer. Da hockten Männer in langen orangefarbenen Kleidern auf dem Boden und unterhielten sich leise in einer fremden Sprache. In der Mitte hatte jemand ein Tuch ausgebreitet, und die Wildmohnfrau verteilte gerade Reis in mehrere Schüsseln, wobei sie lachte und sich die Haare nach hinten strich. Ihre Armreifen rasselten. Es war erstaunlich, wie schnell man sich von einer Schwangerschaft erholen konnte.

»Mein Papa ist da«, flüsterte Toni, die an meiner Seite auftauchte.

»Echt?«, sagte ich. »Und wer sind die Männer?«

»Seine Mönchfreunde.«

Toni schlüpfte wie eine Katze in das Zimmer und hockte sich zwischen zwei der kahlköpfigen Männer. Dann drehte sie sich nach mir um und klopfte mit der Hand neben sich auf den Teppich, aber ich schüttelte den Kopf. Lieber wollte ich in der Küche in Ruhe ein Käsebrot essen.

In der Küche traf ich auf Harri, er spülte Geschirr. »Kannst du mir ein Brot abschneiden?«, fragte ich. Harri packte das Messer und säbelte eine Scheibe nach der anderen ab. Eigentlich brauchte ich ja nur eine, aber ich traute mich nicht, ihn zu unterbrechen. Als ich mir am Tisch mein Brot schmierte, setzte er sich zu mir und zündete sich eine Zigarette an. Dann zog er sein Buch hervor, und diesmal gab er meinem Drängen nach und las mir zum ersten Mal daraus vor. Natürlich musste er es danach immer wieder tun. Es war die Geschichte von Tom Sawyer und Huck Finn, und obwohl ich nicht alles verstand, sog ich jedes Wort daraus gierig auf. Unsere Mütter erzählten uns immer nur Märchen oder Zwergen-Geschichten. Hier ging es endlich mal ums echte Leben! Die grausamen Szenen, wie zum Beispiel der Mord auf dem Friedhof, brannten sich in mein Gedächtnis ein, und ich wusste, dass Toni sich so etwas nie anhören würde. Aber mir gab die Geschichte das Gefühl, mich für das Leben zu wappnen. Und wahrscheinlich war dieses Buch schuld daran, dass ich von nun an die Idee, zu fliehen, nicht mehr aus meinem Kopf bekam. Das Bild der Jungs, wie sie auf einem Floß den breiten Fluss hinuntertrieben, tauchte immer wieder in meinem Kopf auf. Ich bin ein freier Mensch, sagte ich mir. Ich kann auch fliehen.

Die Mönche blieben über Nacht. Als Mama von der Arbeit kam, holte sie meine Matratze aus unserem Zimmer und wir machten es uns in der Küche gemütlich. So nah bei Mama zu liegen, liebte ich. Als sie versuchte, mir ein Gutenachtlied zu singen, schlief sie ein, und ich spürte nur noch ihren gleichmäßigen Atem in meinem Nacken. Eine Weile lag ich noch wach und beobachtete die Silberfischchen, die im Mondlicht um unsere Matratze herum huschten. Die Mönche schliefen in unserem Schlaf-Wohnzimmer einfach auf dem Boden. Vielleicht schlief auch einer bei der Wildmohnfrau. Harri jedenfalls, das fand ich heraus, als ich später noch mal auf die Toilette musste, schlief in der Badewanne.

Tonis Vater war Teilzeitmönch und lebte in Burma. Manchmal kam er nach Deutschland, um irgendwelche Kurse zu geben. Die Wildmohnfrau war mit Tonis Vater verheiratet. »Na, das ist nur wegen des Visums«, hatte sie

Mama mal erklärt. »Diese Ehe existiert nur auf dem Papier.« Ich war mir da nicht so sicher. Und ich glaube, Harri auch nicht.

ALS DIE MÖNCHE wieder abreisten, war die Wildmohnfrau erschöpft, aber glücklich. Beim Mittagessen erzählte sie begeistert davon, wie frei man sich ohne Besitz fühlen würde. »Anhaftung ist eine Quelle des Leidens«, verkündete sie. Toni und ich verstanden nicht, was sie meinte, und gingen Weinbergschnecken sammeln. Als wir wieder nach Hause kamen, standen Kisten mit Geschirr und Spielzeug vor der Tür. »Das dürfen die nicht!«, sagte ich zu Toni, und auch sie schüttelte finster den Kopf.

Es gelang uns, die wichtigsten Dinge aus der Spielzeugkiste zu retten, indem immer einer von uns Wache hielt und laut »Oh wie wohl ist mir am Abend« sang, sobald einer der Erwachsenen mit einer neuen Kiste herauskam. Aber ein sicheres Versteck für sie zu finden, war nicht einfach. Erst wollten wir unsere Schätze – dazu gehörten Tonis Wachsmalblöckchen und die zugeknotete Socke, die meine Ersparnisse enthielt – unter mein Bett schieben, aber letztendlich blieben uns nur unsere Gummistiefel. Denn unsere Betten waren abgeschraubt. Alles, was überflüssig war, wurde abgeschafft. Von nun an schliefen wir auf Matratzen auf dem Boden, und für die Mahlzeiten sollte jeder nur eine Schüssel behalten. An jenem ersten Abend machte mir das nichts aus. Aber später, als meine Schüssel ständig von anderen benutzt wurde und schmutzig in der Spüle stand, wenn ich Hunger hatte, ärgerte ich mich immer öfter.

Harri und Mama schienen die Ideen der Wildmohnfrau toll zu finden. Nur als Mama einkaufen gehen wollte und sich herausstellte, dass der Inhalt der Haushaltskasse an die Mönche gespendet worden war, verdunkelte sich ihr Gesicht. Mama wurde nie ärgerlich. Aber sie erschien mir jetzt oft düsterer als sonst.

In den nächsten Tagen gab es hauptsächlich Reis mit Salz, und als Mama endlich wieder einmal Gemüse vom Biohof mitbrachte, war es wie ein kleines Fest.

»Seht ihr, das meine ich«, strahlte die Wildmohnfrau. »Wir beginnen, uns über die einfachen Dinge des Lebens zu freuen.«

Mama kam allerdings selten dazu, sich mit uns zu freuen. Sie hatte eine Ausbildung zur Krankenschwester angefangen und musste immer schon frühmorgens los. Oft stand ich am Fenster und sah zu, wie sie im Licht der

22

Straßenlaterne auf ihr Mofa stieg. Noch einmal winkte sie zu mir hoch, dann knatterte sie in die Dunkelheit davon. Unseren hellblauen VW Käfer benutzte Mama nicht mehr. Er stand vor dem Haus, bereit, die Wildmohnfrau in die Klinik zu fahren, sobald die Geburt losgehen würde.

Tatsächlich war ihr Bauch dick und prall geworden. Einmal stellte sie ihre Teetasse darauf ab, ohne sie festhalten zu müssen. Und sie ließ uns fühlen, wenn das Baby strampelte. Erst wollte ich nicht. Aber dann legte ich doch einmal meine Hand auf den Bauch. Genau in dem Moment traf mich ein winzig kleiner Fuß. Irgendwie war das schön. Langsam verlor ich meinen Groll gegen das Baby, und als die Wildmohnfrau mich eines Tages fragte, ob ich geheime Patentante werden wolle, nickte ich beglückt. Mit ihren Migräneanfällen war es besser geworden, es herrschte jetzt eine freudige Erwartungsstimmung.

Eines Morgens hörte ich einen Schrei aus dem Zimmer der Wildmohnfrau. Kurz darauf stand Harri neben meinem Bett. Mama war schon weg.

»Es geht los«, sagt er. Dann rannte er mit Toni und mir zu Frau Ida rüber.

»Es geht los«, sagte er auch zu ihr.

»Ha noi«, sagte Frau Ida, die noch im Morgenmantel war, aber da rannte Harri schon wieder zurück, der Schlafanzug flatterte um seine dünnen Beine.

Zum ersten Mal durften wir in Frau Idas guter Stube sitzen, während sie sich die Lockenwickler aus dem Haar zog und uns nebenan Frühstück machte. An den Wänden hingen Fotos von ihrem Mann. Er war Schäfer gewesen, das hatte sie uns schon erzählt, aber ich hatte noch nie Fotos von ihm gesehen. Das Hochzeitsbild sahen Toni und ich uns besonders lange an. Es war kaum zu fassen, wie jung und schön Frau Ida einmal gewesen war. Jetzt humpelte sie herein und stellte sich hinter uns.

»Mir waret zu jung«, sagte sie. »Lasset euch bloß Zeit mit dene Männer.«

Später buken wir einen Kuchen für das neue Baby oder, besser gesagt, für seine Eltern. Es war ein Gugelhupf, und er war so perfekt, wie unsere Mütter ihn in all den Jahren nie hinbekommen hatten. Wir bestreuten ihn mit Puderzucker. Dann gab es Mittagessen, danach ging Frau Ida Mittagspause machen. Es wurde Nachmittag und dann Abend, und immer noch hatte uns niemand abgeholt. Endlich, als es schon dunkel wurde, klingelte es. Da stand Mama in der Tür und strahlte. »Sie sind da«, sagte sie.

»Hen se's gschafft?«, rief Frau Ida, und schlug erleichtert die Hände zusammen. »Ja«, sagte Mama, »aber es war eine schwere Geburt.« Dann nahm sie uns und den Kuchen mit hinüber.

In der Wohnung roch es anders. Ein bisschen scharf und ein bisschen nach Blumen. Und die Wildmohnfrau lag im Bett und lächelte, und das Baby war süß.

Es war aber keine Schwester, es war ein Bruder, und aus irgendeinem Grund wurde er Friedjof genannt, obwohl er gar nicht friedlich war. Er hatte immer Blähungen, und Harri musste ihn nachts durch die Wohnung tragen und schütteln, und wenn er aufhörte ihn zu schütteln, dann schrie er. Friedjof lächelte auch nicht. Nie. Die ganzen drei oder vier Jahre, in denen ich nachmittags mit ihm spazieren gehen musste, lächelte er kein einziges Mal. Aber wir verstanden uns – und das, obwohl ich seine Windeln bügeln musste. Und ich war die Einzige außerhalb seiner Familie, die ihn halten durfte, ohne dass er schrie.

SPÄTER WURDE ER mein kleiner Vertrauter, dem ich sogar von meinem geheimen Plan erzählte. Wir saßen unter einem Apfelbaum, er in seinem Wägelchen, ich auf einer Bank. Es war Frühling, und ich war schlecht gelaunt.

»Weißt du was«, sagte ich zu ihm. »Ich werde bald weggehen. Vielleicht schon nächste Woche.«

»Wed?«, wiederholte er.

»Ja«, sagte ich. Gemeinsam sahen wir in die Blüten hinauf.

»Wir werden dann nicht mehr zusammen spazieren gehen können«, sagte ich, und meine Stimme klang etwas kratzig.

Friedjof starrte mich an.

»Es ist nicht wegen dir«, beruhigte ich ihn. »Es ist wegen deiner Mama.«

»Mama?«, fragte er, und es klang froh, denn das Wort erkannte er. Ich nickte. Dann stellte ich mir vor, wie ich mit meinem Rucksack die Straße hinunterlaufen würde. Aber die Tatsache, dass ich nicht einmal wusste, wo es zum Neckar ging, und dass ich noch kein Floß hatte, verschlechterte meine Laune noch mehr.

Plötzlich kam Toni um die Ecke gehüpft. »Ich bin fertig mit Bügeln«, rief sie. »Und Mama sagt, du kannst Friedjof jetzt nach Hause bringen.« Sie hatte zwei Springseile in der Hand, eins für sich und eins für mich.

25

## Schlüsselblumengewächse

In der Gattung Primula herrschen Kräuter
vor, die einen Standort im Gebirge jedem
anderen vorziehen. Ihre Blattrosetten
liegen eng an der Erde an, und über ihnen
erheben sich zeitig im Frühjahr auf
gesonderten, blattlosen Schäften Dolden
von Blüten. Die fünfgliedrige Blüte ist am
Grund zu einer Röhre verwachsen, und der
tief im Inneren geborgene Nektar wird nur
von langrüßligen Hummeln oder Tagfaltern
erreicht.*

*Novak, F. A.: Das große Bilderlexikon der Pflanzen, Artia, Prag.
Im Bertelsmann Lesering, Gütersloh, 1965, S. 148

# 3. Kapitel

TONI, KATHA UND ich saßen auf der Mauer vor unserem Haus. Es war der erste Tag der Sommerferien, und Katha zerdrückte winzige orangefarbene Käferchen, die auf den warmen Steinplatten herumkrabbelten.

»Tierquälerin!«, sagte ich. »Das sind auch Lebewesen!«

»Ja echt«, sagte Toni. »Die wollen auch leben.«

Katha grinste und rieb noch fester auf den Käfern herum. Irgendwann sprang Toni auf und rannte ins Haus. »Feige Nuss!«, rief Katha. Und gerade, als ich mich abwandte, um mir eine Antwort zu überlegen, sah ich ihn. Einen bärtigen Mann, der mit einem Rucksack auf dem Rücken die Straße heraufkam. Erst hielt ich ihn für einen Penner, sah aber schnell, dass er dafür zu gut gekleidet war. Dann sprang ich von der Mauer. Während er seinen Rucksack vom Rücken gleiten ließ, rannte ich auf ihn zu. Ich fiel in seine Arme und er fing mich auf. Versuchte, mich in die Luft zu schmeißen, lachte, weil ich zu schwer war.

»Wie du gewachsen bist!«, rief er. »Hahaha! Mia, meine kleine Mia! Endlich hab ich dich gefunden.«

Als mein Papa mir in die Wohnung folgte, ohne sich die Schuhe auszuziehen, dabei viel zu laut »Haalloo!« rief, und Friedjof, der seinen Mittagsschlaf gehalten hatte, zu schreien anfing, wusste ich, dass dies kein gutes Ende nehmen würde. Ich führte ihn durch die Wohnung.

»Hier wohnen Toni und ihre Mama und ihr Bruder«, rief ich, um das Brüllen zu übertönen, das aus dem Zimmer kam. »Und Harri, wenn er da ist, ist er aber nicht immer. Und hier ist das Wohnzimmer, und da drüben die Küche.«

»Und dein Zimmer?«

»Was?«

»Wo ist dein Zimmer?«

»Mama und ich schlafen im Wohnzimmer.«

»Ohne Bett?«

»Eigentum macht unglücklich«, sagte ich.

»Quatsch«, sagte Papa.

Wir gingen in die Küche, wo Toni am Tisch saß und malte. Sie sah nicht auf, auch nicht als Papa sagte: »Oh, hallo, und du bist …?«

»Toni ist ein bisschen schüchtern«, sagte ich.

Da machte Papa seinen Rucksack auf. »Also«, sagte er und wühlte darin herum, während er ein wenig grunzte. Endlich zog er ein Buch heraus und legte es auf den Tisch.

»Das ist für euch«, sagte er, und zu Toni: »Das ist eine Geschichte aus der Stadt, in der Mia geboren wurde.« Jetzt konnte Toni sich einen Blick nicht verkneifen und schielte herüber.

*Der Rattenfänger von Hameln* stand auf dem Buch. Es hatte schon Flecken und war ein bisschen zerfleddert, aber ich verstand sofort, warum Papa es mitgebracht hatte. Es war mein Buch. Von früher. Wir hatten es oft zusammen angesehen, und als Papa es jetzt aufschlug, erkannte ich jedes einzelne Detail. Das hübsche alte Städtchen mit der Stadtmauer; die Kinder, die einander an den Ärmeln fortzogen. Es war, als stiegen die Bilder aus einem tiefen Brunnen wieder an die Oberfläche. Besonders faszinierten mich die Ratten, die so offensichtlich ihren Spaß zu haben schienen und aus allen Ecken und Winkeln hervorkrochen. Als Papa weiterblätterte, hörte ich das Glucksen der Kaffeemaschine, die wir damals gehabt hatten. Sah die steile, knarzende Treppe wieder vor mir, die hoch in unsere winzige Wohnung führte. Sah die gelbe Tapete mit den Blumensträußchen drauf. Kameras und Objektive überall, Papa, der mich fotografierte. Papa, der im Bad die Fenster mit einer Decke und Paketband abdichtete, um eine Dunkelkammer daraus zu machen. Der die neue Ausgabe der DEWEZET auffaltete, wenn dort ein Artikel von ihm abgedruckt war, und stolz verkündete: »Guck, das hier hat dein Papa geschrieben!«

Der mit mir auf dem Sofa saß, ich auf seinen Oberschenkel gestützt, und mir Bücher vorlas.

»Ich weiß noch genau, wie es zu Hause aussieht«, flüsterte ich. Papa strich mir über den Rücken. »Du kannst mich ja mal besuchen kommen«, sagte er.

Ich nickte. Toni starrte mich finster an.

Als die Wildmohnfrau mit Friedjof hereinkam, war sie sehr freundlich und Friedjof sehr unfreundlich. Er kletterte auf meinen Schoß und sagte zu meinem Papa: »Geh weg.« Die Wildmohnfrau lachte und legte meinem Papa die Hand auf den Arm. »Das meint er nicht so«, sagte sie, und dann kochte sie ihm einen Rooibos-Tee, obwohl er bestimmt gerne einen Kaffee getrunken hätte.

Kurz darauf hörte ich das Knattern von Mamas Motorroller. Natürlich machte Mama große Augen, als sie Papa sah. »Ach du Scheiße«, sagte sie erst. Dann, etwas freundlicher: »Bernhard! Das ist aber eine Überraschung.«

Und dann saßen wir alle um den Tisch und tranken Rooibos-Tee und niemand wusste recht, worüber wir reden sollten.

Irgendwann sagte Papa: »Mia würde mich gern besuchen kommen.«

Mama und die Wildmohnfrau wechselten einen Blick.

»Also«, sagte die Wildmohnfrau, »das hättest du aber wirklich zuerst mit uns besprechen sollen.«

»Mit euch? Wieso das denn?«, sagte Papa mit ziemlich lauter Stimme. Auch das erinnerte mich an früher. Abends hatten Mama und Papa oft gestritten, und irgendwann war Papa immer laut geworden.

»Bernhard. Bitte«, sagte Mama, und die Wildmohnfrau schickte Toni und mich mit Friedjof auf den Spielplatz.

Als wir wiederkamen, lag Papa schon in seinem Schlafsack im Wohnzimmer und schlief. Es war zwar erst sieben Uhr, aber weil ich in seiner Nähe sein wollte, machte ich mich bettfertig und krabbelte auf meine Matratze neben ihn.

Noch einmal sah ich das Buch an und stellte mir vor, wie ich am nächsten Morgen mit Papa und Mama in unseren VW Käfer steigen würde. Wie wir die Fenster herunterkurbeln, winken und die Wildmohnfrau endlich verlassen würden. Wir würden nach Hause fahren! Mein Herz klopfte, und lange konnte ich nicht einschlafen. Mama und die Wildmohnfrau murmelten in der Küche. »Das Kind wird innerlich zerrissen«, hörte ich. Meinten sie etwa mich? Und auf einmal die Stimme der Wildmohnfrau: »Es hat doch einen Grund, warum du gegangen bist, verdammt noch mal!«

Ich guckte auf meinen schnarchenden Papa und spürte plötzlich, dass ich ihn immer noch sehr, sehr lieb hatte. Ich glitt von meiner Matratze hinunter, tappte zu seiner Isomatte und quetschte mich in die Kuhle zwischen seinem Bart und seinem Bauch. Schlaftrunken schlang er seinen Arm um mich. Wir passten genau zusammen. Wie zwei Puzzleteile.

DER MORGEN WAR schrecklich. Papa war früh zum Bäcker gegangen und hatte Brötchen geholt. Die lagen in einer Tüte auf dem Tisch und durften nicht geöffnet werden, aber man konnte sie riechen. Die Wildmohnfrau bestand darauf, dass alle erst eine Schüssel Hirse aßen, auch die Erwachsenen.

»Wir sind die Vorbilder«, sang sie. Papa saß mit verschränkten Armen am Tisch, er wollte nicht.

»Also, ich mach mich dann wieder auf den Weg«, sagte er.

»Und – ich würde Mia gern für zwei Wochen mitnehmen. Sie hat doch jetzt Ferien. Wir haben ein Häuschen in Dänemark gebucht, das ...«

»Kommt nicht in Frage«, sagte Mama.

Da sah Papa mich direkt an. »Willst du?«

Ich erstarrte. Für ein paar Sekunden war es ganz still. »Bernhard!«, zischte Mama. Sie hatte rote Flecken am Hals. »Also wirklich!«, rief die Wildmohnfrau. Da stand Papa ruckartig auf, riss die Brötchentüte auf, packte zwei Sesambrötchen und stürmte aus der Küche. Kurz darauf stand er mit seinem Rucksack auf dem Rücken in der Tür. Er guckte zu mir, zu niemand anderem.

»Mia, wenn du mitwillst, dann komm jetzt.« Er streckte die Hand aus. Mit einem Satz war ich bei ihm. Aber auch Mama war aufgesprungen, und als Papa mit mir an der Hand aus der Türe gehen wollte, hielt sie mich fest. Papa zog. Mama zog. Und ich glaube, die Wildmohnfrau zog auch, denn irgendwann hatten sie mich von Papas Hand abgerissen, und Papa ging, ohne sich noch einmal umzudrehen.

Ich rannte aufs Klo, schloss mich ein und blieb dort so lange, bis jemand von außen ans Badezimmerfenster klopfte. Tonis Hand mit einem Sträußchen Schlüsselblumen tauchte auf, und dann kurz ihr Gesicht, als sie hochsprang, um nach mir zu schauen. Ihre Haare flogen wie schwarze Strahlen um ihren Kopf herum. Ich musste lachen. Dann öffnete ich das Fenster und wir spielten, dass ich Rapunzel wäre und sie der Königssohn.

Zwei Wochen später kam ein Brief von Papa. Er war an Mama adressiert. Als sie abends von der Arbeit kam, öffnete sie ihn, und ich sah, dass ihre Hände dabei zitterten.

»Er hat sich eine Anwältin genommen«, sagte sie. »Es geht ums Sorgerecht ...«

»Widerspruch«, sagte die Wildmohnfrau. »Einfach sofort Widerspruch einlegen.«

Sie saßen bis spät in die Nacht am Küchentisch, um eine Antwort zu schreiben. Harri musste uns ins Bett bringen. Immerhin: Wenn die Wildmohnfrau beschäftigt war, las Harri mir aus Huckleberry Finn vor, und heute standen die Chancen gut. Wir waren gerade an der spannendsten Stelle. Huck war mitten in einen Familienstreit geraten, junge Männer jagten sich gegenseitig durch die Kornfelder. Tatsächlich las Harri mir an diesem Abend lange vor. Huck und sein Freund Jim trieben wieder auf ihrem Floß den Mississippi hinunter. Zwei weiße alte Gauner drängten sich als Mitfahrer auf. Letztendlich verkauften die beiden den armen Jim als Sklaven. Diese Stelle beschäftigte mich sehr. »Das wäre ja, wie wenn jemand Toni einfach verkaufen würde. Nur wegen der Hautfarbe.«

»Na ja«, sagte Harri, »das passiert heute eigentlich nicht mehr. Jetzt schlaf mal gut.« Dann ging er.

Eigentlich? Darüber dachte ich noch lange nach. Vielleicht passierte es doch noch manchmal? Jedenfalls würde ich alles tun, um Toni zu befreien, wenn jemand es wagen sollte, sie zu fangen.

Schon bald kam wieder ein Brief von Papa. Als Mama ihn gelesen hatte, schloss sie kurz die Augen. Dann holte sie tief Luft, zerriss den Brief und rief: »Wir müssen weg von hier.« Unsere Mütter verschwanden in der Küche. Als sie wieder auftauchten, rief Mama:

»Kommt Kinder, wir machen einen Ausflug zum Neckar.«

»Aber du musst doch zur Arbeit«, sagte ich.

»Egal«, sagte Mama und riss den Autoschlüssel vom Haken. So hatte ich sie noch nie erlebt. Sie war hektisch, fast ein bisschen wild. Wir alle, die Wildmohnfrau, Harri, Friedjof, Toni, Mama und ich quetschten uns in den Käfer. Er knatterte unwillig, fuhr ungefähr hundert Meter und blieb dann stehen. Mama und die Wildmohnfrau bekamen einen Lachanfall. Dann mussten wir alle aussteigen und schieben. Nach ein paar Versuchen sprang er wieder an, wieder quetschten wir uns alle hinein, und diesmal kamen wir bis zum Neckar. Wir Kinder rannten sofort ans Wasser. Wir schmissen Steinchen und sammelten lange schwarze Muscheln, die modrig rochen und innen wie Perlmutt schimmerten. Die Erwachsenen diskutierten aufgeregt. Irgendwann riefen sie uns. Wir durften uns auf eine Batikdecke setzen. Es gab Knäckebrot mit einer dünnen Schicht Honig. Ein richtiges Picknick, dachte ich, und fand es plötzlich nicht mehr so schlimm, nicht in Dänemark zu sein. Da sagte Mama mit ihrer neuen Stimme:

»Also Kinder. Mia und ich werden … also, wir werden uns wieder auf den Weg machen.«

»Hä?«, sagte Toni. Aber ich verstand sofort.

»Wann?«, fragte ich.

»Morgen«, sagte sie.

»Nach Hause?«, fragte ich.

»Nein«, sagte sie. »Äh, doch. Also. Wir, du und ich, wir suchen uns eine eigene gemütliche, kleine Wohnung. Ein neues Zuhause.« Ihre Augen blitzten.

Toni sprang auf, sie wollte davonrennen, das sah ich, aber es gab keine Tür, die sie hätte zuschlagen, und kein Versteck, in das sie sich hätte verkriechen können, nur ein paar dünne Birken. Sie drehte sich einmal um sich selbst und fing dann laut an zu weinen. Ich blieb stumm und starrte auf den Neckar hinaus.

Am Abend ging ich zu Frau Ida, um mich zu verabschieden.

»Ha noi«, sagte sie. »Ihr ganget fort. Ha's isch aber au Zeit, es isch wirklich an der Zeit.«

Und dann steckte sie mir einen Geldschein zu. Fünfzig Mark! Das war unerhört. So viel hatten Toni und ich in all den Jahren nicht zusammengespart. Ich bedankte mich, und sie drückte mich an ihren großen, weichen Busen.

»Pass uff di uff«, sagte sie.

AM NÄCHSTEN MORGEN klappte Mama das Schlafsofa zusammen und quetschte meinen Ranzen und zwei Wäschekörbe voller Klamotten auf die Rückbank unseres Käfers. Ich durfte vorne sitzen. Harri und Toni schoben das Auto an, die Wildmohnfrau stand mit Friedjof auf dem Arm vor dem Haus, ihre schwarzen Haare flatterten im Wind.

Vier Jahre hatten wir zusammengelebt, und ich fühlte nichts, als ich die Autotür zuzog. Aber als ich mich umdrehte und Toni tränenüberströmt auf dem Bürgersteig stehen sah, wurde mir mit Schrecken bewusst, dass ich sie verraten hatte. Sie war nun allein mit der Wildmohnfrau. Ich war nicht mehr da, um sie zu schützen.

### Nadelbäume

Die heimische Waldkiefer bedarf zum Gedeihen
eigentlich nur des Lichtes. Armseligen
Sand, nasses Moor, Kalk- oder Kieselboden
nimmt sie ebenso hin wie die trockenen,
warmen Sommer nahe der Steppe, die
Winterfröste Sibiriens oder den Schnee
der Alpen.*

*NOVAK, F. A.: Das große Bilderlexikon der Pflanzen, Artia, Prag.
Im Bertelsmann Lesering, Gütersloh, 1965, S. 91

# 4.Kapitel

»WOHIN FAHREN WIR?«, fragte ich. »Nach Emmershofen«, sagte Mama. »Aber«, sagte ich, »ist das nicht ein Altersheim?«

Sie hatte vor einigen Tagen davon erzählt, dass sie dort eine Stelle angeboten bekommen hatte. »Na ja«, sagte Mama. »Es ist nur ein Übergang.«

Nach ungefähr einer Stunde – wir hatten uns zunächst völlig verfahren, konnten aber nirgends anhalten, um nach dem Weg zu fragen, weil Mama Angst hatte, dass das Auto dann wieder angeschoben werden müsste – röchelte unser Käfer eine lange Auffahrt hinauf. Wir fuhren an einem Schild vorbei, auf dem »Altenwerk Emmershofen« stand, und hielten auf einem großen Parkplatz vor mehreren Gebäuden.

»Puh. Geschafft«, sagte Mama.

Schwester Renate war freundlich und hatte schon davon gehört, dass die neue Pflegekraft mit ihrer Tochter für ein paar Tage hier unterschlüpfen würde.

»Es ist ja nur übergangsweise«, sagte Mama auch zu ihr. »Morgen schau ich mir eine Wohnung an.«

»Klar.« Schwester Renate sah auf einer Liste nach. »Zimmer 24. Wo Frau Hille letzte Woche gestorben ist«, murmelte sie, und dann lief sie voran, um es uns zu zeigen.

Das Zimmer war möbliert. »Ist doch praktisch«, sagte Mama und bezog das Pflegebett mit meiner Sternen-Bettwäsche. Der Nachttisch hatte Räder und ein ausziehbares Tischchen. Aus dem Bad kam ein beißender, saurer Geruch, aber wir scheuerten alles gründlich: ich die grüngefliesten Wände und den Boden, Mama das Klo und die Wanne mit dem riesigen Sitz. Dann zündete Mama eine Räucherkerze an, und bald verbreitete sich der vertraute Geruch der Wildmohnfrau in unserem neuen Zimmer.

Was auch praktisch war: Mama arbeitete in dem Gebäude direkt nebenan. Es war die geschlossene Abteilung, in der die Alzheimer-Patienten betreut wurden, und immer wieder kam es vor, dass jemand entwischte. Meistens wurde der Entflohene bald wieder zurückgebracht, aber einmal, als ich von der Schule kam, war die Polizei gekommen, sie suchten seit Stunden das ganze Gelände ab, über dem Wäldchen kreiste sogar ein Hubschrauber. Eine Weile stand ich herum und sah dem Treiben zu. Mama war arbeiten, sie hatte gesagt, ich könnte zum Essen auch zur Geschlossenen kommen, aber ich hatte keine Lust und ging auf unser Zimmer. Als ich die Tür öffnete – man konnte sie nicht abschließen –, schlug mir Uringeruch entgegen. Und dann sah ich, dass jemand in meinem Bett lag. Es war ein alter Mann. Er rührte sich nicht, aber tot war er wohl auch nicht, denn sein zahnloser Mund war geöffnet und er schnarchte leise.

Ich lief den langen Flur hinunter, auf der Suche nach einer Pflegerin. Sie saßen alle im Stationszimmer. Dienstbesprechung.

»Entschuldigung«, sagte ich, aber die Schwestern redeten so laut und das Zimmer war so voll von Zigarettenqualm, dass mich niemand bemerkte.

Ich ging noch einmal zurück in unser Zimmer.

»Entschuldigung!«, sagte ich auch hier, aber der alte Herr wackelte nur mit dem Kinn und drehte sich zur Seite. Plötzlich sehnte ich mich schrecklich nach meinem Papa. Er war groß und stark und würde diesen Mann einfach aus dem Zimmer hinaustragen.

»Warum willst du nicht, dass ich Papa besuche?«, hatte ich Mama kürzlich gefragt.

»Wenn wir eine richtige eigene Wohnung haben. Dann ...«, hatte sie gesagt.

»Aber warum erst dann?«

»Weil dein Vater es gegen mich verwenden würde, dass wir ... dass wir so leben, wie wir leben.«

Ich hatte das nicht ganz verstanden. Jetzt aber wurde es mir klar. Papa würde es nicht gut finden, wenn er wüsste, dass ich in einem Altenheimzimmer wohnte und dass ein fremder Mann in meinem Bett lag.

Noch einmal machte ich mich auf die Suche nach einer Pflegerin, und endlich fand ich eine. Sie zog den Herrn wie ein Kind am Arm hoch. »Herr Schlüter!«, schrie sie ihm ins Ohr. »Da sind Sie ja! Die Polizei sucht schon nach Ihnen.« Dann führte sie den schwankenden Herrn zur Tür und ich sah, dass seine Hose zwischen den Beinen nass war.

Bloß weg hier, dachte ich. Und nachdem ich eine Nachricht für Mama auf einen Zettel gekritzelt hatte, schnappte ich meine Jacke und machte mich auf den Weg zur Wildmohnfrau.

Wenige Tage nach diesem Vorfall sah ich an der Pinnwand in unserer Schule eine Anzeige. »Hundewelpen zu verschenken.« Schon oft hatte ich Mama angefleht, mir einen Hund zu kaufen, aber sie hatte es nie erlaubt.

Auch dieses Mal, als ich ihr die Anzeige und das süße Foto zeigte, sagte sie sofort: »Das geht nicht, Mia, wir können doch im Altenheim keinen Hund halten.«

»Entweder ich kriege einen Hund oder ich ziehe zu Papa!«, sagte ich und erschrak ein bisschen über meine eigenen Worte.

Aber am nächsten Abend lag Hera in einem kleinen Körbchen neben meinem Pflegebett, das ich so weit wie möglich heruntergefahren hatte. Die Hündin war eine Mischung aus einem Rauhaardackel und einem Bernhardiner und würde später keine Schönheit werden. Auch zernagte sie all unsere Schuhe, wenn wir weg waren, und verhielt sich Männern gegenüber etwas aggressiv. Aber sie war klug und sensibel und wurde meine allerbeste Freundin. Jeden Nachmittag zogen wir gemeinsam los, querfeldein, durch den Wald oder am Fluss entlang, manchmal schafften wir es bis zu Toni.

Meistens brachte ich Friedjof etwas mit, einen schönen Stein aus dem Fluss oder einen Krebspanzer. Er nahm das Mitbringsel vorsichtig in die Hand und verschwand damit in einer Ecke. So war Friedjof. Er konnte stundenlang mit einer Muschel spielen. Toni wich nicht von meiner Seite, wenn ich da war. Wir machten gemeinsam Hausaufgaben oder sammelten, obwohl es uns nicht mehr wirklich Spaß machte, Weinbergschnecken, einfach weil wir das früher immer getan hatten. Oder wir schauten bei Katha vorbei und sahen ein bisschen fern. Jedenfalls war es eine Zeit, die nur uns gehörte, und die Wildmohnfrau schien das zu verstehen und ließ uns in Ruhe.

Immer bestand sie darauf, dass ich bei ihnen zu Abend aß. Sie gab mir dann die erste und größte Portion, was mir unangenehm war, weil für Harri, der zuletzt bekam, manchmal nur noch ein Klecks übrig blieb.

Einmal, als ich mich verabschiedete, schenkte mir die Wildmohnfrau einen alten Seidenschal.

»Wenn mal irgendetwas ist«, sagte sie, »dann ruf an. Auch in der Nacht. Wir sind immer noch deine Familie.«

Auf dem Weg nach Hause roch ich an dem Schal, er roch unverwechselbar nach Wildmohnfrau: einer Mischung aus Räucherkerzen und Säuerlichkeit, vielleicht sogar Erbrochenem. Die unzähligen Stunden, in denen ich am Bett der Wildmohnfrau gesessen und ihre Füße massiert hatte, steckten darin und ein Hauch von Tod. Mich schauderte. Ich würde diesen Schal nicht tragen, aber immerhin war er ein Beweis dafür, dass ich noch mit der Wildmohnfrau verbunden war.

ENDLICH KAM DER Tag, an dem wir aus dem Altenwerk auszogen. Ich hatte die älteren Mitbewohner des Hauses ziemlich gut kennengelernt. Manche Begegnungen waren schön – man schenkte mir Schokolade und klebrige Hustenbonbons, manchmal sogar Geld – manche Begegnungen waren abstoßend gewesen. Aus den wenigen Tagen waren sehr viele Monate geworden. Inzwischen war ich elf. Meinen Geburtstag hatte ich nicht feiern wollen. Nicht hier. Und als ich Hera jetzt an der Leine zum Auto führte, schaute ich nicht zurück.

Unser neues Zimmer befand sich in einer Garage. Die Garage hatten irgendwelche Kollegen von Mama ausgebaut. Es war nur ein einziges großes Zimmer mit einer Koch- und einer Klo-Ecke. Aber es roch nicht nach Urin, und das Bett war kein Pflegebett. Es war ein richtiges, schönes, breites Bett. Rücklings ließ ich mich darauf fallen.

Leider gab es keine Heizung, nur eine Art aufstellbaren Fön oder Ventilator, der sehr laut war. Trotzdem hatten wir ihn immer an, denn es war Winter. Gerade war der erste Schnee gefallen.

Ich konnte immer noch in dieselbe Schule gehen wie Toni, auch wenn ich mit der Straßenbahn fahren musste. So sahen wir uns jeden Tag. Als ich Toni von dem neuen Zimmer erzählte, war ihre erste Frage:

»Gibt es dort auch Platz für einen Tannenbaum?«

Ich überlegte. »Vielleicht, wenn man ihn aufs Klo stellt?« Wir kicherten. »Na ja, oder auf den Tisch?«

»Ihr könnt doch auch einfach ganz normal bei uns feiern!«, schlug Toni vor, und ich nickte.

Als ich am Nachmittag mit Mama und Hera durch den Schnee stapfte, erzählte ich ihr von unserer Idee.

»Ach nein«, sagte Mama. »Jetzt haben wir zum ersten Mal eine eigene Wohnung. Das müssen wir doch feiern.«

»Ja, stimmt«, sagte ich.

»Das heißt – Mist«, sagte Mama. »Ich glaube, ich hab am Vierundzwanzigsten Spätdienst. Aber ich versuche, dann so schnell wie möglich nach Hause zu kommen, ja? Versprochen.«

»Okay«, sagte ich.

»Ich freu mich«, sagte Mama.

»Ich mich auch«, sagte ich.

Am dreiundzwanzigsten Dezember, dem letzten Schultag, überreichten wir Mädchen uns gegenseitig kleine Geschenke – Radiergummis, Tee, ein Lieblingsbuch. Nach der letzten Stunde wünschten wir uns frohe Weihnachten und liefen fröhlich auseinander.

Es MACHTE SPASS, den kleinen Tannenbaum zu schmücken, den Mama gekauft hatte und der tatsächlich auf unserem Tisch stand. Ich fühlte mich groß. Bei der Wildmohnfrau hatten wir Kinder stundenlang mit Friedjof draußen herumlaufen müssen. Und als wir endlich hineindurften, blieb es ein großes Geheimnis, was in unserem Wohnzimmer geschah. Irgendwann zog Harri an einem Faden, und genau da fing es im Wohnzimmer an zu läuten.

»Die Engel!«, rief die Wildmohnfrau. Dann durften wir hinein. Es war immer sehr schön, Kerzen brannten an einem riesigen Baum, und wir sangen alle Weihnachtslieder, die wir kannten.

Aber jetzt war ich alt genug, um selber ein Weihnachtsfest vorzubereiten. Für Mama hatte ich einen Topflappen gestrickt, den packte ich ein. Auch Mama hatte ein paar Geschenke für mich bereitgelegt. Und sie hatte mir eine kleine Holzkiste gegeben. »Damit musst du sehr vorsichtig sein«, sagte sie. »Das ist noch von meiner Großmutter.«

Ich nahm die Kiste jetzt behutsam auf den Schoß und öffnete den Deckel. Es war Christbaumschmuck. Filigrane Drahtengelchen und kleine Glaskugeln. Mama hatte es geschafft, diesen Schatz all die Jahre vor der Wildmohnfrau zu verstecken. Vorsichtig nahm ich ein Teil nach dem anderen heraus und behängte unser Bäumchen damit. Unten in der Kiste lag eine winzige geschnitzte Krippe. Die Figürchen stellte ich unter den Baum. Es passte alles genau. Als hätte meine Urgroßmutter gewusst, dass wir einmal in einer winzigen Wohnung Weihnachten feiern würden. Wie Mama wohl an diese Schätze gekommen war?

Draußen war es dunkel geworden und die Abendglocken begannen zu läuten. Mama wollte spätestens um acht da sein. Noch eine Stunde. Ich deckte den Tisch, legte die vegetarischen Bratlinge in die Pfanne, wärmte den Kartoffelbrei auf. Dann las ich ein bisschen in meinem Buch, konnte mich aber nicht konzentrieren. Was, wenn Mama wie immer zu spät kam? Wegen eines Notfalls oder weil Herr Schlüter wieder weggerannt war? Ich nahm den Kartoffelbrei wieder vom Herd, ging zur Garderobe und zog meinen Mantel an.

»Komm«, sagte ich zu Hera.

Sie hatte sich schon auf ihrer Hundedecke eingekringelt und sah mich träge an, wie um zu fragen: Jetzt noch? Echt?

»Ja, echt«, sagte ich. »Ich halt das nicht mehr aus. Los, komm!«

Da hatte ich sie überzeugt, sie stand auf, streckte sich und begann, gutgelaunt um mich herum zu tänzeln.

Es war eine eiskalte, aber wunderschöne Nacht. Der Himmel war voller Sterne. Der Schnee knirschte unter unseren Füßen. Wir liefen durch die glitzernden Straßen. Hera sprang schwanzwedelnd voran, kam wieder zurück und stupste mich an. Dann raste sie die Straße hinunter. Ich hinterher.

»Es tut mir leid«, sagte Mama. Sie stand in der Tür, als wir zurückkamen. Ich keuchte noch und sah den Wölkchen nach, die sich durch meinen Atem in der Luft bildeten.

»Herr Schlüter ist wieder ...«

»Ich will es nicht wissen«, sagte ich.

Mama ging hinein. Ich folgte ihr. Sie stand neben unserem kleinen Bäumchen.

»Eigentlich müssten wir ja auf das Glöckchen warten ...«, murmelte sie.

»Quatsch«, sagte ich. »Ich wusste immer, dass Harri das war.«

Da fingen wir an zu lachen, wir lachten, bis uns die Tränen herunterliefen. Irgendwann zündeten wir erschöpft die Kerzen am Baum an und überreichten uns die Geschenke. Mama freute sich sehr über den Topflappen. Und ich mich über das abschließbare Tagebuch. Und das Spiel, es hieß: *Das verrückte Labyrinth*.

»Komm, wir spielen noch eine Runde«, sagte Mama. Und das taten wir, und dann erzählte sie mir von ihrer Großmutter. Sie hatte in Hamburg Blankenese eine Villa besessen, die in einer Bombennacht im Krieg zerstört worden war. Nichts hatte die Großmutter retten können. Nur die Kiste mit dem Christbaumschmuck.

»Dann sind die ja echt schon alt«, sagte ich und strich über die kleinen Kugeln, in denen sich das Kerzenlicht spiegelte.

»Ja«, sagte Mama. »Beinahe hundert Jahre. Stell dir vor, sie sind so zerbrechlich. Aber den Krieg haben sie überlebt.«

### Fleischfressende Pflanzen

Von den fleischfressenden Pflanzen ist
die Gattung Sarracenia beachtenswert.
Sie hat schlauchförmige, zum Fangen und
Verzehren von Insekten dienende Blätter
und nickende Blüten. Ihre Heimat ist das
atlantische Nordamerika.*

*Novak, F. A.: Das große Bilderlexikon der Pflanzen, Artia, Prag.
Im Bertelsmann Lesering, Gütersloh, 1965, S. 140

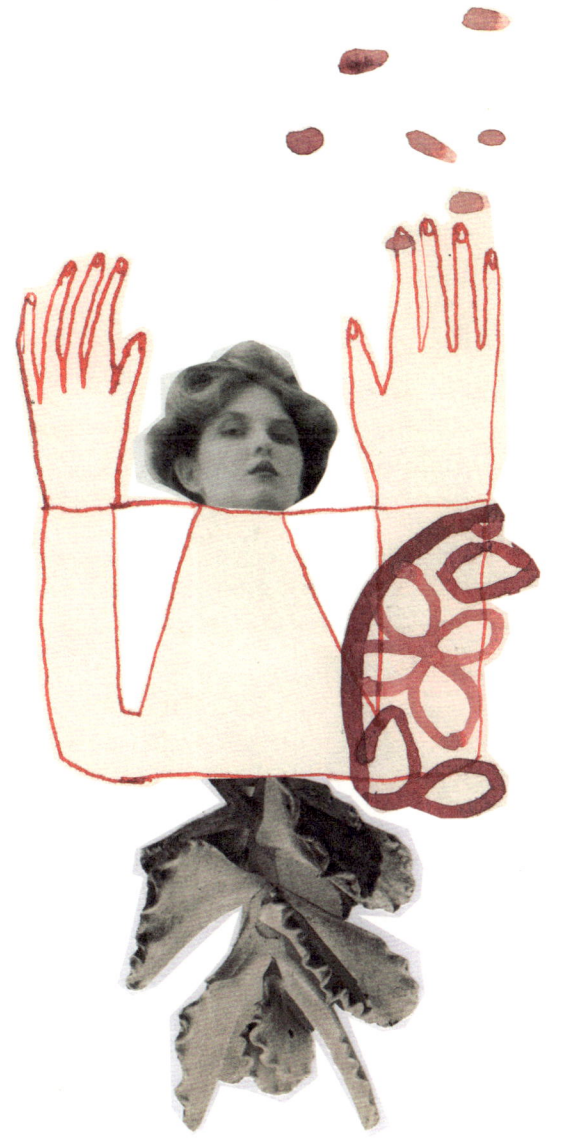

# 5. Kapitel

»Hera, fass!«, rief ich. Hera schoss unter dem Tisch hervor. Sie raste quer durchs Zimmer und schlitterte unbeholfen, als sie versuchte, vor der Wand zu bremsen, unter deren Fußleiste die Maus verschwunden war. Trotzdem lobte ich sie, denn dafür, dass wir diesen Befehl erst seit Kurzem übten, gehorchte sie schon sehr gut, fand ich. Mäuse huschten mehrmals täglich durch unser Zimmer. Wir stellten Lebendfallen auf. Aber nur ein einziges Mal gelang es uns, etwas damit zu fangen: Sechs Mäusebabys drückten sich in der Falle aneinander. Sie waren nackt und fiepsten ängstlich, und wir ließen die Falle noch eine Nacht stehen, um auch die Mama-Maus einzufangen. Aber sie tauchte nicht auf. Also brachten wir die Mäusebabys in den Wald. Es war Frühling und noch kalt. Sie taumelten durch das Laub davon, und wir sahen ihnen hilflos dabei zu.

»Sie werden sterben«, sagte ich.

»Kann sein«, sagte Mama. »Aber ich kann nachts schon nicht mehr schlafen wegen dem ständigen Geraschel. Und es ist unsere Wohnung, wir zahlen die Miete.«

Die Mäuse vermehrten sich fleißig. Einmal fand ich beim Aufwachen Mäuseköttel auf dem Bettlaken neben meinem Kopfkissen.

»Jetzt reicht's aber!«, rief Mama, als ich sie ihr zeigte, und hämmerte mit dem Besenstiel gegen die Fußleisten. Dann musste sie zur Arbeit und ich zur Schule, und am Nachmittag lagen auch auf dem Esstisch Köttel herum.

»Es hat keinen Sinn«, sagte Mama. »Wir müssen uns was anderes suchen.«

»Nein!«, rief ich.

»Noch drei Wochen«, sagte Mama. »Wenn Hera in drei Wochen keine Maus gefangen hat, kündige ich.«

Ich mochte unsere Garage. Sie war wie ein kleines Häuschen, unser Häuschen. So oft es ging, trainierte ich mit Hera. Eine Woche später fing sie ihre erste Maus.

Aber an diesem Tag achteten wir kaum darauf, ich glaube, wir vergaßen sogar, sie zu loben. Stattdessen stapelte Mama wortlos unsere Klamotten, Bücher, Spiele, meine Schulsachen und die kleine Kiste mit dem Christbaumschmuck in die Wäschekörbe, schmiss den Schlüssel in den Briefkasten unserer Vermieter nebenan und führte mich, den Arm um meine Schultern gelegt, zu unserem blauen VW Käfer. Es war nicht Heras Schuld. Sie war eine tolle Mäusejägerin geworden.

SCHULD WAR DER Cellobauer. Er hieß Herr Winkler und ich kam an seiner Werkstatt vorbei, wenn ich von der Schule nach Hause lief. Vor dem riesigen Fenster blieb ich gerne stehen. Man konnte Celli an der Wand hängen sehen, manche fertig, manche noch ohne Steg und Saiten. In der Mitte stand eine riesige Werkbank und der Boden war von gekringelten Hobelspänen übersät. Meistens stand Herr Winkler über ein Instrument gebeugt an seiner Werkbank, manchmal sprach er mit Kunden. Wenn er für sie ein Instrument von der Wand nahm, tat er es ganz vorsichtig und hielt das Cello dann schützend in seinem Arm, wie ein Kind.

Wenn er sah, dass ich am Fenster stand, zwinkerte er mir zu. Er hatte einen schwarzen Vollbart wie mein Papa. Aber ich glaube, er selber hatte keine Kinder und auch keine Frau, jedenfalls sah ich nie eine bei ihm. Vielleicht war auch er verlassen worden, vielleicht hatte auch er eine Tochter irgendwo, die sich nach ihm sehnte? Und dann winkte er mich das erste Mal zu sich herein.

Als ich die Türklinke herunterdrückte und die schwere Tür aufschob, klingelte ein Glockenspiel. Es roch nach Holz und Leim. Herr Winkler stand mit dem Rücken zu mir und drehte sich langsam um. All seine Bewegungen waren langsam und bedächtig. »Das ist aber schön, dass du mich endlich mal besuchen kommst«, sagte er, und dann arbeitete er weiter, und ich durfte ihm zusehen, und zum Abschied schenkte er mir einen Bonbon.

Fast täglich schaute ich nun bei ihm vorbei. Einmal zog er Saiten auf ein Instrument, er zupfte und lauschte und zupfte, und ich dachte, er sähe mich gar nicht, aber zwischen dem Zupfen und Lauschen und Drehen sagte er: »Jetzt! Hörst du es? Jetzt hat das Holz die Schwingung aufgenommen!« Er nahm meine Hand und legte sie auf den Körper des Cellos. Tatsächlich, es vibrierte ganz zart.

Bei meinem nächsten Besuch sagte er in seiner langsamen Art: »Komm mal mit. Ich zeig dir was.«

Er führte mich zu einem großen alten Schrank, drehte den Schlüssel und öffnete die Tür. Sie quietschte. In dem Schrank saßen – Puppen.

Plastikpuppen, Porzellanpuppen, Stoffpuppen, manche mit braunen Zöpfen, manche mit blonden Locken. Es waren alles Mädchen – und alle waren nackt.

»Gefallen sie dir?«, fragte er.

Ich starrte die Puppen an. Plötzlich packte er meine Hand und rieb sie über etwas Steifes, Warmes, das aus seiner Hose guckte. Ich riss mich los, rannte wie ein Kaninchen durch seine Werkstatt, stieß an ein Cello, hörte ihn fluchen. Ich rannte so schnell, wie ich noch nie in meinem Leben gerannt war, und erst als ich den Schlüssel in unsere Tür gefummelt, sie zugeschlagen und von innen verriegelt hatte, ließ ich mich auf den Boden in die Hocke gleiten, schlang die Arme um meine Knie und versuchte zu verstehen, was gerade geschehen war.

Hera leckte meine Hand. Sie tänzelte um mich herum, sicher musste sie dringend. Normalerweise ging ich immer sofort mit ihr spazieren, wenn ich von der Schule kam. Aber was, wenn Herr Winkler mir gefolgt war und mir draußen auflauerte?

»Ich kann jetzt nicht«, flüsterte ich. »Leg dich!«

Hera legte sich hin, stand aber gleich wieder auf. Da setzte ich mich auf ihre Hundedecke.

»Komm«, ich klopfte auf den Boden. »Leg dich.«

Endlich tat sie es und ich kraulte ihren Bauch. Und dann sah ich die Maus. Direkt neben mir auf dem Boden. Sie lag schlaff auf der Seite, ihr kleines Schnäuzchen war leicht geöffnet. Sie hatte braunes Fell und einen weißen Bauch.

Ich weiß nicht, ob es wegen der Maus war oder wegen Herrn Winkler, aber als Mama nach Hause kam, fing ich sofort an zu weinen.

»Warum hast du mir nie von ihm erzählt?«, fragte Mama, als ich mich etwas beruhigt und ihr alles berichtet hatte.

»Du bist doch eh nie zu Hause.«

Mama schwieg. Dann fragte sie leise, vorsichtig:

»Und warum – warum hast du Herrn Winkler so gemocht?«

»Keine Ahnung. Er war so nett. Und … er hat mich an Papa erinnert«, sagte ich. Und dann musste ich wieder weinen.

Das war, als Mama aufstand und begann, wortlos unsere Sachen zu packen.

»Wohin fahren wir?«, fragte ich und drehte mich noch einmal nach unserer Garage um, die in der Dämmerung verschwand.

»Zu deinem Papa«, sagte Mama.

Wir fuhren durch die Nacht und schwiegen, und ich war glücklich. Wir hatten einen langen Weg vor uns, aber das war okay, denn jetzt würde alles gut werden. Am Ende des Weges wartete Papa auf uns, wie ein König in seinem Schloss. In verschiedensten Varianten stellte ich mir vor, wie ich in seine Arme rennen würde, und währenddessen döste ich ein. Als ich aufwachte, fuhren wir gerade eine Auffahrt hinauf und auf ein leuchtendes Gebäude zu.

»Das Schloss«, murmelte ich und setzte mich mit einem Ruck auf, aber Mama lachte und sagte:

»Schatzi, das ist eine Raststätte, wir müssen tanken.«

Nachdem sie getankt und gezahlt hatte, ließ Mama sich wieder in ihren Sitz plumpsen. »Ich hab Hunger«, sagte sie. »Du nicht?«

»Doch, ja.«

»Komm«, sagte sie, »wir teilen uns eine Portion Pommes.«

Das Restaurant war fast leer, nur am Tresen saßen zwei dicke Männer, beide kurzärmelig. Der eine hatte ein Drachen-Tattoo auf seinem Arm. Sie hoben zur Begrüßung ihr Bier. Wir holten uns die Pommes, setzten uns an einen Tisch in der Ecke und stießen mit Apfelsaft an. Mir war feierlich zumute.

»Jetzt sind wir endlich auf Reisen«, sagte ich. »Nur Toni fehlt.«

Mama seufzte. »Ach, ich habe das Gefühl, wir sind schon seit Jahren unterwegs. Es wird Zeit, dass wir mal irgendwo ankommen.«

»Wieso sind wir überhaupt so lange von Papa weggegangen?«

Da erstarrte Mama. Die Pommes, die sie gerade in der Hand hielt, fingen an zu zittern. Sie hatten eine kleine rote Ketchupspitze. Mama legte die Pommes ab, wischte sich über den Mund und sagte dann:

»Mia, du bist jetzt alt genug. Hör zu. Ich bringe dich jetzt zu Papa, und dann entscheidest du selber, ob du bei ihm bleiben willst – oder bei mir.«

Ich starrte Mama an.

»Aber wir … ziehen doch beide wieder bei Papa ein!«

»Das hab ich nie gesagt.«

»Aber warum denn nicht? Warum kann nicht alles wieder so sein wie früher?«

»Es geht einfach nicht. Glaub mir.« Mama schob den Teller zurecht, ordnete das Besteck. Schluckte den letzten Rest Saft herunter.

»Warum nicht?«

Mit einem kleinen Knall stellte Mama das Glas auf den Tisch zurück, dann sah sie mir direkt in die Augen.

»Weil ich deinen Papa nicht liebe.«

Wir schwiegen und starrten auf die kalten Pommes. Ich schwor mir, nie wieder Pommes zu essen. Nie wieder. Irgendwann brachte Mama das Tablett weg und ich pfiff Hera unter dem Tisch hervor. Der Tattoo-Mann streckte seine Hand nach ihr aus, aber Hera schnappte nach ihm, und wir gingen schnell zu unserem VW Käfer hinaus. Er stand zwischen zwei riesigen LKWs und sah aus, als ob er sich duckte. Ich ging mit Hera zu dem Streifen Wiese und ließ sie pieseln und schnüffeln, währenddessen sah ich mich um. Die LKWs hatten Vorhänge an den Fenstern, die waren zugezogen, aber man sah Licht dahinter. Mama kramte gerade Decken aus unserem Kofferraum. Hera rannte jetzt zu ihr hinüber und sprang auf die Rückbank, und wir kuschelten uns auf unsere Sitze. Wir klemmten Hemden in die Fenster. Dann drückten wir die Knöpfchen an den Türen runter, drehten die Sitze so weit es ging nach hinten und versuchten zu schlafen. Sehr bequem war es nicht und ich lag noch lange wach. Ich starrte an unseren improvisierten Vorhängen vorbei in den Nachthimmel hinaus, Sterne waren nicht zu sehen. Ich versuchte, mir neue Träume zu zimmern, irgendetwas, das mir Halt geben würde, aber es gab nichts.

Stattdessen träumte ich von riesigen Säcken mit Beinen, die mich verfolgten, von Männern, deren Drachen-Tattoos lebendig wurden und von Herrn Winkler. Immer wieder jagte er mich durch seine Werkstatt und ich konnte nicht fliehen, weil es keine Türe gab.

Früh morgens erwachte ich vom Rasseln der LKW-Motoren. Sie röhrten auf, und ein Lastwagen nach dem andern fuhr davon. Ich sah ihnen nach. Es war noch dunkel, aber das matte Licht der Straßenlaternen überflutete den Parkplatz. Mama schlief noch. Sie hatte sich zusammengekugelt und die Haare hingen über ihr Gesicht. Sie sah jung aus und schön, und ich versuchte, mich daran zu erinnern, wie Papa sie geküsst hatte. Wie sie sich verliebt aneinander geschmiegt hatten. Aber es ging nicht. Es kamen keine Bilder. Stattdessen hörte ich wieder Mamas Stimme: »Weil ich deinen Papa nicht liebe …«

Es durfte nicht wahr sein. Vielleicht hatte sie einfach vergessen, wie toll Papa war? Aber heute würden wir ihn sehen. Heute! Mein Herz machte einen

Hüpfer. Vielleicht würde ja doch alles gut werden. Ich malte Herzen auf die beschlagenen Scheiben und stellte fest, dass es stark nach Hund roch.

Langsam wurde es hell. Mama schlief immer weiter. Meine kleine blaue Armbanduhr zeigte sieben Uhr. Normalerweise ging ich um diese Zeit aus dem Haus Richtung Straßenbahn. Vielleicht schaute Herr Winkler gerade aus seiner Werkstatt heraus. Sicher wollte er mich dafür bestrafen, dass ich sein Cello umgeschmissen hatte, wer weiß, vielleicht war es kaputtgegangen? Ich schauderte und versuchte, an etwas anderes zu denken. Die Leute in meiner Klasse würden mich nicht besonders vermissen. Ich hatte zwar so etwas wie eine Freundschaft mit der dicken Sara. Aber niemand kam zwischen mich und Toni, das war allen klar. Toni ... Sie würde natürlich bemerken, dass ich nicht da war und es würde sie beunruhigen. Nach der Schule würde sie zu mir nach Hause fahren oder die Wildmohnfrau dazu überreden, es zu tun. Und dann? Vielleicht könnte ich ihr eine Karte schreiben. Die Adresse kannte ich ja auswendig. Selbst die Telefonnummer der Wildmohnfrau wusste ich noch, auch wenn ich nie dort angerufen hatte, weil es weder im Altersheim noch in der Garage ein Telefon gab. Die Wildmohnfrau hatte uns Kindern ihre Telefonnummer damals eingebläut. Das war, als wir uns auf eine der vielen Reisen vorbereitet hatten, die niemals stattfanden.

MAMA GAB EIN knurrendes Geräusch von sich und rekelte sich.

»Mia?«

»Ja?«

»Ah gut, du bist da.«

Hera klopfte heftig mit dem Schwanz auf den Sitz und sprang auf, dabei stieß sie an die Decke. Ich ließ sie raus, und sie raste zum Klohäuschen und zurück.

Mama kramte ihr Portemonnaie heraus und zählte konzentriert ihre Münzen. Dann rief sie gutgelaunt:

»Was ist, gehen wir frühstücken?«

»Können wir uns das leisten?«

»Wir haben fast fünf Mark. Und der Tank ist voll. Wir können uns ja wieder was teilen.«

Ich zögerte. Wir gingen sonst nie essen, immer hieß es, das sei viel zu teuer und außerdem sei selbst gekochtes Essen viel gesünder.

»Wir können uns doch bei Papa was …«

»Also ich hole mir jetzt einen Kaffee. Kommst du mit oder nicht?«

Als wir mit Mamas Kaffee, meinem Kakao und einem Weißbrötchen an der Kasse standen, reichte es doch nicht. Zwanzig Pfennig fehlten. Mama kramte noch einmal in ihrem Geldbeutel herum.

»Können wir das Brötchen zurückgeben?«

»Nein. Das haben Sie doch schon angefasst!«

Die Frau an der Kasse trommelte mit den Fingern auf den Tresen. Hinter uns räusperte sich jemand. Mama bekam rote Flecken am Hals und fuhr sich durch die Haare. Da zog ich den Brustbeutel unter meinem Hemd hervor. Toni und ich hatten uns geschworen, Frau Idas Geld niemals für etwas anderes auszugeben als für eine gemeinsame Reise. »Sorry, Toni«, flüsterte ich und nahm die zugeknotete Socke aus dem Brustbeutel. Knotete sie auf, schüttete die Pfennige auf den Tresen und zählte zwanzig davon ab. Dann trug ich die lächerlich kleine Tasse zu einem der Tische, obwohl ich der Frau am liebsten den Kakao ins Gesicht geschüttet hätte. Mama folgte mir, und dann saßen wir uns schweigend gegenüber und zupften an dem elenden Brötchen herum, für das ich mein Versprechen gebrochen hatte. Den Rest bekam Hera.

## Das Erdreich

Bekanntlich ist das Erdreich, in dem die Landpflanzen wurzeln, entstanden durch Zertrümmerung und Verwitterung von Gesteinen. Durch Temperaturveränderungen, durch innere Spannungen, durch den Druck von Eis, das sich in schon vorhandenen Spalten bildet, wird der Fels zerklüftet. Durch Wasser, das über ihn hin spült und das durch ihn hindurch sickert, wird er ausgewaschen. Gletscher und Gießbäche transportieren den Schutt zu Thale. Unterwegs reiben sich die Trümmer aneinander und an dem Gestein des Bettes. Weichere Mineralien werden dabei vollständig zu feinem Schlamm zermahlen.*

*Detlefsen, E.: Wie bildet die Pflanze Wurzel, Blatt und Blüte?
In: Das Wissen der Gegenwart – Deutsche Universalbibliothek für Gebildete,
Band 59, Freytag/Tempsky, Leipzig/Prag, 1887, S. 163

57

# 6. Kapitel

UNSER KÄFER WOLLTE nicht anspringen. Mama stieg aus und begann zu schieben, während sie mit der rechten Hand steuerte. Ihre Haare flatterten. Hinten schob ich, wir waren ein eingespieltes Team. Aber auch nach der dritten Runde um den riesigen Parkplatz gab der Käfer nur ein paar müde Huster von sich. Neben mir öffnete sich weit oben eine LKW-Tür, jemand sprang heraus, wobei ein praller, bleicher Bauch mit schwarzen Haaren sichtbar wurde. Ich erkannte den Tattoo-Mann. Er hatte eine Zigarette im Mundwinkel hängen und zwinkerte mir zu. »Steigt ein«, brummte er. Dann gab er unserem Käfer einen einzigen kräftigen Stoß, der Motor sprang an und wir sausten die Auffahrt entlang. Ich kurbelte schnell das Fenster herunter, um dem Tattoo-Mann zum Dank zu winken.

Wir fuhren durch, ohne noch einmal anzuhalten. Während der Fahrt versuchte Mama vorsichtig, mit mir über Herrn Winkler zu reden.

»Das war nicht richtig, was er gemacht hast, weißt du das?«

»Ja.«

»Ich werde Anzeige gegen ihn erstatten müssen.«

»Bei der Polizei?«

»Ja.«

»Kommt er dann ins Gefängnis?«

»Das weiß ich nicht. Kann sein. Wärst du bereit, der Polizei zu erzählen …«

»Nein.«

»Mia.«

»Nein! Ich will nicht mehr über ihn sprechen. Nie wieder.«

WIR KAMEN MITTAGS in Hameln an. Es regnete. Die Gegend und die Straßen kamen mir bekannt vor, wie aus einem lang vergangenen Traum. Die Eisenbahnbrücke erkannte ich. Aber die Läden waren fremd, auch die Menschen, unter ihren Regenschirmen. Die sind hier all die Jahre rumgelaufen, dachte ich. Eigentlich wäre ich eine von ihnen gewesen. Aber das wissen sie nicht.

»Papa ist umgezogen, hab ich dir das schon gesagt?«, fragte Mama.

»Was?«

»Ja, er wohnt jetzt Beim Henker. Hol mal den Stadtplan raus, der klemmt da an der Seite.«

»Bei wem wohnt er?«

»Beim Henker.« Mama lachte. »So heißt nur die Straße. Da, guck mal.« Sie zeigte auf den Plan. »Wir sind fast da.«

Mein Herz begann zu hämmern. »Ich hab mich noch gar nicht gekämmt!« Mit den Händen versuchte ich, meine Haare zu glätten, in denen ich mehrere Vogelnester ertastete.

»Ist doch egal«, sagte Mama. »Ich weiß jetzt wirklich nicht, wo die Bürste ist … Nummer sieben ist es, glaub ich. Such mal bitte mit.«

»Da!« rief ich. Die Sieben hing schief an einem viereckigen Torpfosten, aber es war eindeutig eine Sieben. Mama trat auf die Bremse. Ein Reihenhaus. Ein kleines Eisentörchen, ein verwilderter Garten. Der Regen pladderte auf unser Autodach, während Mama und ich auf das Haus starrten.

»Wir sagen einfach, dass wir in der Gegend waren und mal vorbeischauen wollten«, murmelte Mama wie zu sich selbst. Dann holte sie tief Luft, lächelte mich nervös an und stieß die Autotür auf. »Los, komm!«

Wir rannten geduckt durch den Regen zur Haustür. Hera schnupperte ein wenig herum und pieselte an die Rosen. »Hera!«, rief Mama und scheuchte sie wieder ins Auto. Dann kam sie zurück und drückte auf den kleinen schwarzen Klingelknopf. Keine Reaktion. Als Mama noch einmal klingelte, hörten wir im Haus ein gedämpftes Schreien, das langsam näherkam, dann wurde die Tür aufgerissen und vor uns stand: eine fremde Frau mit einem verheulten Baby auf dem Arm. Als es uns sah, hörte es auf zu weinen und drückte sich an den Hals seiner Mama. Aber mich ließ es nicht aus den Augen.

»Ja bitte?«, fragte die Frau. Sie hatte blonde Haare wie Mama, aber sie trug einen Minirock, was Mama niemals tat, und hatte eine spitze Nase.

»Wir wollten nicht stören«, murmelte Mama.

Die Frau zog die Augenbrauen hoch. »Also, wenn Sie von den Zeugen Jehovas kommen, dann …«

»Nein!«, rief Mama. »Wir wollten Bernhard sprechen. Ist er zu Hause?«

»Der ist bei der Arbeit. Kann ich etwas ausrichten?«

Mama sah mich an. Da sah auch die Frau mich an.

»Er ist mein Papa!«, stieß ich hervor. Und dann knallte es. Die Türe war wieder zu. Sie hatte ein Glasmuster, das bestand aus mehreren Rechtecken, grün, braun und grau. Sie waren durch einen Holzbalken getrennt und rechts und links davon spiegelverkehrt angeordnet. Unter den Glasrechtecken war ein Briefkastenschlitz. Ich weiß das alles noch genau, weil ich lange vor dieser Tür stand und sie anstarrte. Ich dachte, dass ich die Tränen zurückhalten könnte, wenn ich mich konzentrierte. Aber es klappte nicht, die Tränen schossen einfach so aus meinen Augen heraus, und der Himmel weinte mit.

Mama fuhr mit mir in die Altstadt. Hier kannte sie sich aus, das merkte man. In einer Seitenstraße parkte sie. Dann gingen wir erst mal zu einer öffentlichen Toilette und füllten unsere Wasserflaschen. Wir kamen auch an Bäckereien vorbei, aus denen es herrlich duftete, und liefen dann immer ein wenig schneller.

»Jetzt zeig ich dir was«, sagte Mama. Hera tänzelte neben uns her. Wir liefen an einem Fluss entlang, bis wir auf einen großen Platz kamen.

»Das ist das Hochzeitshaus«, sagte Mama, blieb stehen und zeigte auf ein prächtiges altes Gebäude. »Schau mal da hoch.«

In der Mitte, zwischen all den Fenstern, waren zwei Klappen. Sie waren geschlossen. »Gleich fängt es an«, sagte Mama. Wir starrten hinauf. Mein Nacken wurde steif und mein Magen knurrte wie ein Hund.

»Du hast Hunger«, sagte Mama und strich mir über den Kopf.

»Geht schon«, sagte ich und war erleichtert, als die Glocken endlich zu läuten begannen. Die Klappen gingen auf und lauter schmale Schächte wurden sichtbar. Aus einem kam ein grüner Flötenspieler heraus, der hatte sein rechtes Bein keck nach vorne gestreckt, und ihm folgte eine Horde von Ratten. Die Figuren waren auf einer runden, sich drehenden Platte befestigt. Als sie wieder verschwunden waren, geschah eine Weile gar nichts, nur die Glockenmusik spielte weiter. Gleich kommen die Kinder, dachte ich plötzlich, und so war es, der Flötenspieler kam wieder heraus und diesmal folgten ihm lauter Kinder, nur eines, das auf Krücken lief, blieb zurück. Ich schaute diese Figuren an, während sie sich drehten, und mir war, als würde ich Papa hinter mir lachen hören. Ich drehte mich um, er war nicht da; aber ich wusste jetzt, dass ich hier schon einmal mit ihm gewesen war.

PAPA ARBEITETE BEI der Zeitung. Es war ein großes hässliches Gebäude. Mama nahm mich an der Hand und Hera fest am Halsband, so gingen wir hinein.

»Wir möchten gern Bernhard Janssen sprechen«, sagte Mama zu der geschminkten Dame am Empfang.

»Er ist im Dienst.« Die Dame sah Hera mit hochgezogenen Augenbrauen an.

»Sie ist stubenrein«, sagte Mama. »Und es geht um eine wichtige Familienangelegenheit ... Bitte.«

Endlich griff die Frau nach dem Telefonhörer.

»Wen kann ich melden?«

»Seine Tochter.«

»Christina hier«, flötete sie ins Telefon. »Du hast Damenbesuch. Ja, deine Tochter ist hier und deine Frau mit eurem Hund ... Also hör mal, ich verkohl dich doch nicht. Sie ... gut. Mach ich.«

Die Dame legte auf und beäugte uns nun etwas neugieriger. »Sie können zu ihm ins Büro gehen«, sagte sie und nickte in Richtung eines langen Ganges. »Danke«, sagte Mama, und dann liefen wir Hand in Hand den Gang entlang. An den Wänden hingen Fotos von Menschen und eingerahmte Zeitungsausschnitte. Wir blieben an jeder Tür stehen und lasen die Namen auf den Türschildern: Dr. Hans-Peter Renz, Chefredakteur, Rita Fläming, PR ... Endlich kam ein Schild mit: Bernhard Janssen und Steffen Hartmann, Redaktion.

»Geh du vor«, sagte Mama. Ich wollte nicht, aber sie schob mich. Als meine Hand auf der Klinke lag, konnte ich nicht drücken. Mama griff von hinten über meine Schulter und klopfte an die Tür, legte ihre Hand auf meine Hand, und gemeinsam schoben wir die Tür auf.

An einem großen Schreibtisch hinter einem riesigen Computerkasten saß Papa. Ihm gegenüber saß noch ein anderer Mann, auch an einem Computer. Papa sah auf.

»Mia! Was für eine Überraschung!«, rief er, stand auf, nahm mich in den Arm und drückte mich an seinen Bauch (der sehr dick geworden war). Er warf mich nicht in die Luft (wahrscheinlich wäre ich eh zu schwer gewesen) und lachte auch nicht wie früher, gluckste nur ein bisschen so aus dem Bauch heraus.

»Das ist meine Tochter«, sagte er über die Schulter zu dem anderen Mann. »Mensch, bist du gewachsen«, sagte er zu mir und wuschelte mir durch die Haare, und dann hörte er auf zu lächeln und sah zu Mama hinüber.

»Hättet ihr euch nicht anmelden können?«

Mama holte tief Luft. »Kann ich dich kurz alleine sprechen?«

Sie gingen auf den Flur hinaus, und ich sah mich um. Auf einem Tisch-chen stand eine Thermoskanne mit Tassen drum herum und ein Teller mit Keksen. Mir lief das Wasser im Mund zusammen, vor Hunger war mir schon richtig übel. Auf einmal bemerkte ich, dass Papas Kollege mich angrinste.

»Ich bin Steffen«, sagte er.

»Ich Mia«, sagte ich.

»Schon gehört«, sagte der Mann. Er hatte einen Zopf und ein kleines Ziegenbärtchen. »Setz dich ruhig. Kannst dich bedienen.«

Mit einem Satz war ich bei dem Teller. Ich zwang mich, ganz langsam meine Hand nach den Keksen auszustrecken, und ich zwang mich auch, im-mer Pausen einzulegen und immer nur einen zu nehmen, aber es war schwer. Hera machte kein Geheimnis aus ihrem Appetit. Sie setzte sich direkt vor mich und leckte sich geräuschvoll die triefende Schnauze. Als ich ihr einen Keks zusteckte, schnappte und schmatzte sie laut.

Leider konnte ich nicht hören, was Mama und Papa draußen besprachen, es dauerte ewig. Irgendwann stellte ich fest, dass der Keksteller leer war. Das war mir peinlich, aber das Loch in meinem Bauch war nun endlich ein wenig gefüllt, und das fühlte sich gut an. Endlich kamen Mama und Papa wieder herein. Mama kniete sich vor mich hin. »Hör zu«, sagte sie. »Du wirst jetzt eine Woche bei Papa wohnen. Und dann komme ich wieder und wir bespre-chen, wie alles weitergeht.«

»Und Hera?«, war alles, was mir einfiel.

»Die darfst du mitnehmen«, sagte Mama. Und dann stand sie auf, küsste mich auf den Kopf und war weg. Hera leckte meine Hand. Ich saß wie versteinert da. Papa erklärte mir, dass er noch ein paar Sachen fertig machen müsse, und schlug vor, dass ich in der Zwischenzeit ein bisschen mit Hera hinausgehen könnte.

Hera und ich gingen also an der mittlerweile sehr neugierigen Empfangs-dame vorbei und schlurften dann einfach durch die Straßen. Ob Mama noch in der Nähe war? Und wo sie wohl hinging, wo sie übernachten würde? Sie hatte es mir nicht gesagt.

Mit einem Mal fühlte ich mich schrecklich einsam und verloren, deshalb begann ich, mit Hera zu reden.

»Das ist Hameln«, erklärte ich ihr. »Ich bin hier irgendwo geboren. Aber ich sag dir was, Hera. Ich mag diese Stadt nicht. Du?«

63

Hera sah schwanzwedelnd zu mir auf, dann schüttelte sie sich und sprang davon. Es war eindeutig, dass sie verstand, was ich sagte, und eine ähnliche Meinung hatte wie ich. Hera lief jetzt auf einen Hund zu, der neben einem Obdachlosen auf dem Boden saß. Die Hunde fingen an, miteinander zu spielen. Ich sah ihnen dabei zu.

»Hi«, sagte der Obdachlose vom Boden aus. Ich schaute zu ihm hinunter. Es war gar kein Mann, eher ein Jugendlicher, er hatte ungefähr zwanzig Ringe im Gesicht und Sicherheitsnadeln in den Ohren und grinste mich an. Ich grinste zurück.

»Schönes Tier«, sagte er und zeigte auf Hera. »Wie heißt sie?«

»Hera. Und deiner?«

»Retter.«

»Retter?!«

»Yep. Problem damit?«

»Nö.«

Die Hunde rasten über den Platz, sie hatten einen Heidenspaß. Auf einen schrillen Pfiff seines Herrchens hin kam Retter sofort zurückgeflitzt. Er holte sich ein paar lobende Klapse, dann rannte er wieder davon. Der Junge lachte. »Als ob die sich schon ne Ewigkeit kennen«, sagte er. »Ja«, sagte ich. Dann rutschte der Junge zur Seite und klopfte auf den leeren Platz neben sich auf der Decke. »Setz dich.«

Ich setzte mich. Zwar schockierten mich die vielen Ringe in seinem Gesicht und ich fragte mich die ganze Zeit, wie er sich wohl die Nase putzte, ohne hängen zu bleiben, aber er hatte etwas so Nettes und Vertrautes an sich, dass ich mich sofort wohl bei ihm fühlte.

»Und du bist?«, fragte er.

»Mia. Du?«

»Phil. Ich wohn mit Retter unter der Weserbrücke, da hab ich mein Zelt. Schon fast ... drei Wochen jetzt. Und ihr? Wie lange seid ihr schon auf der Straße?«

»Oh, erst seit ... seit gestern.«

Phil griff in eine Tüte. »Die Leute vom Edeka sind voll locker drauf. Guck mal, was die mir gestern gegeben haben.«

Die Tüte war gefüllt mit Brötchen, Pfirsichen und Zucchini. »Greif zu«, sagte Phil. Und das tat ich. Nie haben mir harte Brötchen und unreife Pfirsiche so gut geschmeckt. Phil sah mir zu und grinste. Dann stand er auf und griff nach ein paar Glasflaschen, die er neben seiner Decke aufgestellt hatte. Erst warf er eine in die Luft, dann noch eine, und dann jonglierte er!

»Wirf mir noch eine zu, Mia.«

»Was?!«

»Los. Auf drei. In meine Rechte. Eins, zwei, drei!«

Ich warf, traf aber daneben, die Flasche verfehlte Phil knapp am Kopf und krachte splitternd auf den Asphalt.

»Ah, Scheiße!«

»Tut mir leid …«

Wir schoben die Scherben so gut es ging mit unseren Schuhen zu einem Haufen zusammen. Leute gaben im Vorbeigehen Kommentare ab. Ich spürte, wie ich rot wurde. Aber als ich zu Phil hochsah – er war im Stehen wirklich viel größer als ich –, grinste er zu mir herunter. »Schon okay, kleine Schwester. Die gibt's umsonst bei Lidl.«

ICH WÄRE SOFORT bei Phil eingezogen, wenn er mich gefragt hätte. Sicher wäre es gemütlich, dachte ich, im Regen zu zweit im Zelt zu liegen, in Schlafsäcke eingewickelt und mit den Hunden zwischen uns. Wir könnten Kunststücke einstudieren und so ein bisschen Geld verdienen, und Essen würden wir von Edeka bekommen. Aber dann fiel mir ein, dass Papa ja auf mich wartete.

»ICH MUSS JETZT los«, sagte ich. »Bist du morgen auch noch da?«
»Klar. Kommst du wieder? Ich warte auf dich.«

## Pflanzenwuchs

Eine ganz wesentliche Rolle bei der Bildung von Erdreich aus verwittertem Gestein spielt der dasselbe bedeckende Pflanzenwuchs. Die Pflanzen halten nicht bloß die Feuchtigkeit zurück. Ihre Wurzeln scheiden auch Kohlensäure aus, die den Fels angreift und zerstört. Dazu kommt, dass die so gebildeten lockeren Erdmassen durch die Pflanzenwurzeln festgehalten werden, sodass fließendes Wasser und der Wind sie nicht leicht fortführen. So helfen die Pflanzen selbst, den Boden zu bereiten, dessen sie zu ihrer Erhaltung bedürfen.*

*DETLEFSEN, E.: Wie bildet die Pflanze Wurzel, Blatt und Blüte?
In: Das Wissen der Gegenwart – Deutsche Universalbibliothek für Gebildete,
Band 59, Freytag/Tempsky, Leipzig/Prag, 1887, S. 163

# 7. Kapitel

Wieder pieselte Hera an die Rosen, und wieder stand ich vor der hässlichen Glastür. Aber diesmal nicht neben Mama, sondern neben Papa. Von der Seite sah ich ihn an. Ob es wirklich Papa war? Sein rotbrauner Bart, die große Nase, sein Bauch und sein Geruch, die waren zwar wie früher, aber: Es fühlte sich an, als wäre er ein Fremder. Vielleicht war es einfach eine unpassende Zeit, in der ich gekommen war. Wir hätten Papa anrufen sollen, ihn vorbereiten. Aber in meinem Kopf hatte Papa immer und zu jeder Minute des Tages traurig auf einem Stuhl gesessen und auf mich gewartet, er hatte mich vermisst und sich nichts sehnlicher gewünscht, als mich wiederzusehen; dieses Gefühl hatte ich nun nicht mehr. Papa kramte grunzend in seiner Tasche nach dem Schlüssel und als er aufschloss, rief er: »Hallööchen, wir sind da!«, und dann kam die Frau mit der spitzen Nase um die Ecke, und Papa küsste sie auf den Mund. In diesem Moment wusste ich, dass ich hier niemals bleiben würde.

Die Frau – »Ich bin Hannah«, sagte sie. »Komm rein« – war jetzt ein kleines bisschen freundlicher als am Morgen. »Komm«, sagte sie. »Ich zeig dir, wo du schlafen kannst.« Anscheinend hatte Papa sie informiert. Ich war gar nicht müde, aber sie stieg die Kellertreppe hinunter und ich folgte ihr. Gut, dass Hera bei mir war. Wir liefen durch einen schummrigen Gang, dann machte Hannah eine Tür auf.

»Hier«, sagte sie.

Das Zimmer roch nach Tier, aber es war eigentlich ganz gemütlich, da war ein Schlafsofa und ein Sessel und ein riesiger Stapel Liegestuhlpolster. Damit könnte man eine schöne Höhle bauen, dachte ich. Und Phil könnte ein paar davon sicher gut gebrauchen … Es raschelte. »Das ist unser Goldhamster, Goldi«, sagte Hannah. In der Ecke stand ein Käfig und ein süßes braunes Tierchen turnte darin herum. »Wenn Johanna nachher aufwacht, kommt sie sicher mal runter, um mit ihm zu spielen. Sie liebt ihn. Er ist ganz zahm. Nur leider sehr nachtaktiv.«

Zu allem, was sie sagte, nickte ich, und als sie endlich ging, setze ich mich erst mal aufs Bett und kraulte Hera. Hera verstand mich, wenn ich mit ihr sprach, aber sie verstand mich auch, wenn ich nicht mit ihr sprach. Jetzt zum Beispiel legte sie ihre schöne lange Schnauze auf meine Knie, und an der Art, wie sie mich ansah und ihre Ohren hängen ließ, konnte ich sehen, dass sie traurig war. Genau wie ich.

BEVOR ES GANZ schrecklich wurde, wurde es aber noch einmal fast schön. Ich ging mit Hera eine Runde nach draußen, und als ich zurückkam, roch es herrlich.

»Essen!«, rief Hannah, und ich blieb direkt in der Küche.

»Aber der Hund muss raus«, sagte Hannah, also brachte ich Hera in mein Kellerzimmer.

»Ich weiß«, sagte ich, als Hera mich vorwurfsvoll ansah. »Du hast auch Hunger. Ich bring dir was mit, okay?«

Es gab Kartoffelbrei mit Rotkohl, dazu Fleisch. Hannah legte auch mir ein Stück auf den Teller. Ich dachte an die Wildmohnfrau und ihre buddhistischen Freunde, und dass ich hier vielleicht einen toten, reinkarnierten Menschen auf dem Teller hatte. Dieser Kampf dauerte so lange, bis ich den Brei und den Rotkohl heruntergeschlungen hatte. Dann biss ich in das Fleisch, und in dem Moment wurde mir klar, dass ich noch nie etwas so Gutes gegessen hatte. Ich schaffte es nicht einmal, etwas für Hera übrig zu lassen.

Papa zwinkerte mir zu. »Du hast aber einen guten Appetit.«

Hannah sah ihn bedeutungsvoll an und raunte: »Das Kind ist völlig ausgehungert.«

Nach dem Essen schlug Papa vor, eine Runde *Mensch-ärgere-dich-nicht* zu spielen. Alle sollten mitmachen. Johanna ärgerte sich aber sofort darüber, dass ihre Figuren nicht einfach so viele Schritte gehen durften, wie sie wollte. Sie war ja auch noch sehr klein, etwa zwei Jahre alt. Nach einigem Hin und Her glitt sie von Hannahs Schoß. »Doldi«, sagte sie und rutschte auf dem Po die Kellertreppe hinunter. Wir spielten noch ein bisschen weiter. Genau so lange, bis der Schrei kam. Es war ein schriller, langer Kinderschrei. Wir sprangen alle gleichzeitig auf und rannten zur Kellertreppe. Hannah überholte mich, aber ich befand mich einige Stufen über ihr und konnte deshalb alles genau sehen: Johanna in der Tür meines Kellerzimmers, mit weit aufgerissenem Mund, Goldi, der den Flur entlangraste, und Hera, die hinter ihm her schlitterte. Goldi war nicht so schnell wie unsere Mäuse und hatte auch keine Fußleiste, unter die er schlüpfen konnte. »Hera!«, schrie ich. Hera sah kurz zu mir auf und rannte dann noch schneller, machte einen Satz, packte

Goldi und schüttelte ihn hin und her. Dann legte sie ihn vor der Kellertreppe ab und blickte mich schwanzwedelnd an.

Danach geschah vieles auf einmal. Johanna wurde getröstet, Hera wurde getreten. Ich warf mich über Hera, um sie zu verteidigen, Hannah schrie Papa an. Und dann verschwanden alle, um Goldi zu beerdigen, und Hera und ich verkrochen uns ins Zimmer.

Später kam Papa noch mal zu mir, da lag ich schon im Bett. Er strich mir über den Kopf. Über Goldi sagte er nichts. Er sagte nur: »Schlaf gut, meine Kleine«, und da wusste ich plötzlich, warum er mir so fremd vorkam. Er behandelte mich immer noch, als wäre ich fünf Jahre alt.

IM HAUS WAR es still, als ich aufwachte. Hastig zog ich mich an. Heras Krallen klackerten auf der Kellertreppe, daher zwang ich sie, ganz langsam zu gehen. In der Küche fand ich einen Notizblock. Ich schrieb darauf:

*Lieber Papa,*
*ich werde nicht bei euch wohnen.*
*Das mit Goldi tut mir leid.*
*Viele Grüße*
*Deine Mia*

*PS: Ich werde Dich trotzdem immer lieben.*

DANN GINGEN WIR. Die Rathausuhr schlug acht, als wir in der Fußgängerzone ankamen. Wir liefen ein bisschen hin und her, bis ich die Stelle fand, an der Phil gesessen hatte. Ich wusste, dass sie es war, denn sie befand sich gegenüber vom Edeka, und seine Flaschen standen noch ordentlich aufgereiht an der Hauswand. Aber Phil war nicht da.

Ich knüllte meine Jacke zusammen, setzte mich darauf und wartete. Einfach, weil ich keine Ahnung hatte, was ich sonst hätte tun sollen. Während ich wartete – ich zweifelte keine Sekunde daran, dass Phil kommen würde –, versuchte ich, meine Gedanken zu sortieren.

Ich würde nie mehr zu Papa, seiner neuen Frau und ihrem neuen Kind zurückkehren. Nie. Wo Mama war, wusste ich nicht. Ich könnte ein

71

Straßenleben anfangen wie Phil, allerdings war ich sicher zehn Jahre jünger als er und sicher würde die Polizei oder Papa mich finden. Auf einmal war mir klar: Ich musste zu Toni, und zwar sofort.

PHIL STAND PLÖTZLICH neben mir. Ich hatte vergessen, wie groß er war.
»Hey, kleine Schwester, alles klar?«, fragte er und grinste auf mich runter. Hera schoss auf Retter zu. Ich stand auf und streckte mich.
»Ja«, sagte ich. »Ich muss nach Stuttgart. Kannst du mir helfen?«
»Klar«, sagte Phil. »Komm.«
Er stellte keine Fragen. Stattdessen reichte er mir ein trockenes Brötchen und warf auch den Hunden ein paar zu.

PHIL HATTE EINE sehr besondere Art zu gehen. Ein bisschen wie ein Pferd. Sein Oberkörper wippte bei jedem Schritt nach vorne, seine großen Füße schlurften über den Boden. Später übte ich mit Toni, so zu gehen, und tue es auch heute noch ab und zu. Ich finde, es fühlt sich dann an, als ob einem niemand was zu sagen hat, und hetzen lässt man sich schon gar nicht, denn man hat alle Zeit der Welt. Alles ist cool.
Ich gab Phil den Strumpf mit meinen ganzen Ersparnissen, und er ging damit zum Schalter und regelte alles. Er erklärte mir auch haargenau, wie ich in Hannover umsteigen müsse. Er spielte es mir sozusagen vor.
»Kapiert?«, fragte er. »Total easy.«
Zum Abschied nahm Phil mich kurz in den Arm. »Mach's gut, Kleine«, sagte er. Er roch nach Schweiß und Zigaretten, aber es störte mich nicht.
Ich ging zur Telefonzelle und rief die Wildmohnfrau an. »Wo bist du? In Hameln?? Natürlich holen wir dich vom Bahnhof ab … Um zwanzig nach vier? Ja, da schick ich dir den Harri. Natürlich. Wir freuen uns auf dich.«

ICH WAR ERST einmal im Leben Zug gefahren und hatte Angst, aber immer dachte ich an Phil, wie locker und easy es eigentlich war, und es klappte dann auch alles reibungslos, ich fand einen Fensterplatz und Hera legte sich auf meine Füße. Nach dem Umsteigen konnten wir die Fahrt richtig genießen. Nur hatte ich Hunger und vor allem so argen Durst, dass ich einmal in die Zugtoilette ging und aus dem Wasserhahn trank. Allerdings nur einen Schluck, denn das Wasser schmeckte nach faulen Eiern. Hera ließ ich aus meiner hohlen Hand trinken.

DIE WILDMOHNFRAU NAHM mich fest in die Arme, als Harri, Hera und ich vor der Tür standen. Hera quetschte sich an uns vorbei in die Wohnung, rannte schwanzwedelnd durch alle Zimmer und beschnüffelte die Spielsachen und die Klamotten, die überall herumlagen, wie um sicherzustellen, dass alles noch so war, wie es sich gehörte.

Und so war es. Räucherstäbchenqualm hing in der Luft, genau wie früher. Der rote Morgenmantel hing am Haken der Schlafzimmertür. Als ich mich nach Toni umsah, entdeckte ich sie, platt an die Wand gedrückt. Sie war schon die ganze Zeit in meiner Nähe gewesen, nur dass die Wildmohnfrau sie verdeckt hatte. Auch Friedjof kam jetzt angerannt, er war größer geworden. Er hatte langes, welliges blondes Haar und streckte mir ein Holzklötzchen entgegen. »Mein neues Auto«, sagte er.

»Friedjof!«, sang die Wildmohnfrau. »Zeig doch der Mia lieber mal das schöne Puppenbett, das du gebaut hast, ja?«

»Es ist ein Porße. Der hat 50 PF und fährt soo snell. Guck: Rrrrrrt!« Friedjof raste durch die Wohnung. Oh, es war so ein gutes Gefühl, wieder hier zu sein.

Toni zog mich am Ärmel ins Spielzimmer. Dort hatte sie jetzt eine eigene Schlafecke. Das Schild »Betreten verboten«, das ich früher geschrieben hatte, hing an der Wand neben der Matratze, daneben ein Pferdeposter aus der Apotheke.

Abends krochen wir zusammen unter ihre Decke. Wir hatten das früher auch manchmal getan: Der eine schlief mit dem Kopf an den Füßen des anderen. Ich erzählte Toni von Phil, der jetzt in einem Zelt unter der Weserbrücke lag.

»Hä, wieso das denn«, sagte Toni, »der könnte doch einfach zu Hause wohnen.«

»Nicht alle Menschen haben ein Zuhause«, sagte ich, und dann hatte ich keine Lust mehr, mit Toni zu reden. Irgendwann schliefen wir ein. Allerdings stellte sich heraus, dass wir gewachsen waren. Oder wir hatten kräftigere Beine bekommen. Jedenfalls wachte ich mehrmals von heftigen Tritten gegen meine Kinnlade auf, und Toni ging es, glaube ich, ähnlich, jedenfalls saß sie morgens mit rotumränderten Augen über ihrer Hirseschüssel und starrte vor sich hin. Dann sagte sie plötzlich: »Wir könnten Frau Ida fragen.«

DIE LIEBE, GUTE Frau Ida. Zu lange war ich nicht mehr bei ihr gewesen und ich erschrak, als ich sie sah. Sie hatte immer einen breiten Hintern und pralle Brüste gehabt, jetzt schlackerte die Hose um ihren Po herum, und sie hatte keinen frischen Kuchen im Haus. Aber sie freute sich riesig, uns zu sehen.

»Ha noi, ha noi«, sagte sie immer wieder und humpelte in ihr Kämmerlein, um uns eine Leckerei zu holen. Sie kramte sehr lange dort herum und kam irgendwann erschöpft zurück.

»Nix han i do«, sagte sie.

»Ach, das macht nichts«, sagte ich.

»Nein, wirklich nicht«, sagte Toni.

»Aber wir wollten fragen«, sagte ich, »ob ich vielleicht ein paar Nächte hier übernachten könnte?«

FRAU IDA KRAMTE Bettzeug heraus, und obwohl ich alles andere erledigte, konnte ich sehen, dass es sie sehr anstrengte. Sie war aufgeregt und fragte immer wieder dieselben Sachen.

»Und wo isch d' Mama?«

Immer wieder erklärte ich ihr, dass meine Mutter ein paar Tage beruflich zu tun habe und mich sicher in ungefähr einer Woche abholen würde.

»So, so«, sagte Frau Ida, als ob sie daran genauso zweifelte wie ich. Sie fingerte an ihrer Plastiktischdecke herum und atmete schwer. Später versuchte sie, Abendessen zuzubereiten, musste sich aber immer wieder hinsetzen. »Ich mach das schon«, sagte ich, und da tätschelte sie meine Hand und blieb sitzen.

Am nächsten Morgen holte Toni mich um viertel nach sieben ab und wir liefen zusammen zur Schule. Sehr lange war ich ja gar nicht weggewesen, nur ein paar Tage, aber die kamen mir vor wie Jahre. Sara zeigte mir ihre neuen Glitzer-Aufkleber. Ich aber war von einem Mann belästigt und von meiner Mutter verlassen worden, war bei meinem Vater ausgezogen, hatte Phil kennengelernt und war alleine quer durch Deutschland gereist. Was sollte ich mit Aufklebern anfangen? Ich ließ Sara stehen und lief alleine weiter.

Mein Klassenlehrer sah mich aufmerksam an, als er mich begrüßte. »Na, wieder gesund?«

»Ja«, sagte ich und sah zur Seite.

Er ließ meine Hand nicht los, ich glaube, er wollte, dass ich ihn ansah, aber den Gefallen tat ich ihm nicht. Mit einer einzigen, heftigen Bewegung riss ich mich los. Vor Männern würde ich mich von nun an in Acht nehmen.

IN DEN KOMMENDEN Tagen aß ich mittags mit Toni bei der Wildmohnfrau. Einmal hatte ich während des Essens das Gefühl, ich sollte nach Frau Ida schauen, wartete dann aber noch, um sie nicht in ihrer Mittagspause zu stören. Hätte ich nur auf mein Gefühl gehört! Als ich zu ihr kam, saß sie zusammengesunken an ihrem kleinen Küchentisch. Es war kalt im Haus, ihre Haare sahen ungepflegt aus. Sie hob langsam den Kopf, als erwachte sie aus einem Traum. »Ha … noi …«, sagte sie und lächelte schief.

»Frau Ida!«, rief ich. »Soll ich Ihnen einen Kaffee kochen?«

Wie man die Maschine bediente, wusste ich, das hatte Frau Ida mir beigebracht, als wir noch für sie gearbeitet hatten. Aber Frau Ida antwortete nicht. Mit zitternden Händen knipste ich die Maschine an, maß zwei Esslöffel Kaffeepulver und vier Tassen Wasser ab, so wollte sie es immer haben »falls Besuch kommt«. Obwohl nie jemand kam. Frau Ida hatte keine Kinder, und ihr Mann war beim Schafehüten vom Blitz erschlagen worden. Ich drehte mich nach ihr um. Das Lächeln hing noch an ihren Lippen. Ich stellte die Kaffeetasse vor sie hin und schenkte ihr ein, sie trank ihren Kaffee schwarz. Sie griff nach der Tasse, und als sie einen Schluck genommen hatte, sah sie mich noch einmal direkt an. Dann führte sie die Tasse wieder zum Mund. Ich drehte mich kurz weg – ich glaube, ich wollte die Kaffeemaschine ausschalten – da klirrte es. Als ich herumfuhr, sah ich Scherben auf dem Boden, Kaffee auf Frau Idas Bluse – und ihre weit aufgerissenen Augen. Der Kopf war leicht nach hinten geknickt, es sah aus, als guckte sie durch die Zimmerdecke direkt in den Himmel.

DIE WILDMOHNFRAU RIEF den Notarzt an, blieb aber wegen Friedjof in der Wohnung. Harri war arbeiten. Also fassten Toni und ich uns an den Händen und gingen wieder hinüber zu Frau Ida. Die Haustür hatte ich in der Eile weit offen stehen lassen, aber wir trauten uns nun nicht mehr hinein. Wir standen vor ihrem Haus herum, und mir fiel auf, dass Frau Idas Garten in voller Blüte stand. Osterglocken, Tulpen, Forsythien … Einmal linsten wir um die Ecke, um zu sehen, ob Frau Ida nicht vielleicht inzwischen wieder aufgewacht war. Aber sie hing immer noch mit weit ausgebreiteten Armen auf dem Stuhl. Endlich hörten wir das Martinshorn, ein Krankenwagen hielt am Bürgersteig, und dann kamen Sanitäter durch Frau Idas kleines Gartentor. Die Männer legten Frau Ida auf den Küchenboden, einer stemmte sich auf ihre Brust und ein anderer bat uns, nicht hinzusehen. Wir quetschten uns an ihnen vorbei, setzten uns in Frau Idas gute Stube und falteten die Hände. Irgendwann kam ein Mann zu uns, ich glaube, es war der Arzt.

»Wer gehört denn zu der Dame?«

»Ich«, sagte ich.

»Sonst hat sie keine Verwandten?«

»Nein.«

Der Mann ging vor mir in die Hocke. Er hatte eine Glatze und einen kleinen Ring im Ohr.

»Hör zu«, sagte er. »Hat deine Oma jemals zu dir gesagt, wie sie gerne sterben würde?«

»Nein.«

»Es ist so. Entweder wir lassen sie jetzt gehen. Oder wir versuchen, sie wiederzukriegen«, sagte er. »Aber sie wird dann höchstwahrscheinlich für den Rest ihres Lebens ein Pflegefall sein. Nicht mehr sprechen, nur im Bett liegen, verstehst du?«

Ich konnte spüren, dass das jetzt ein ernster Moment war und schloss die Augen. Sah Frau Ida vor mir, wie sie in ihrem Garten herumwerkelte, Marmelade kochte, Feuer schürte. Dann stellte ich mir vor, wie sie regungslos in einem Krankenhausbett liegen würde, der Speichel flösse aus ihrem Mund und es wäre niemand da, um ihn ihr abzuwischen. Ich öffnete die Augen.

»Sie würde es hassen«, sagte ich.

Der Arzt guckte mich an und nickte unmerklich. Dann ging er wieder in die Küche zurück.

## Wurzelwerk

Das in jedem Samenkorn vorhandene
Pflänzchen besitzt schon eine zwar kleine,
aber deutlich erkennbare Wurzel. […]
Schon wenige Tage nach der Aussaat findet
man im Sommer Wurzeln von mehreren
Millimetern Länge. Die Wurzelspitze hat
die Samenschale zersprengt und die Wurzel
ist, senkrecht nach unten wachsend, in den
Boden eingedrungen.*

*Detlefsen, E.: Wie bildet die Pflanze Wurzel, Blatt und Blüte?
In: Das Wissen der Gegenwart – Deutsche Universalbibliothek für Gebildete,
Band 59, Freytag/Tempsky, Leipzig/Prag, 1887, S. 176

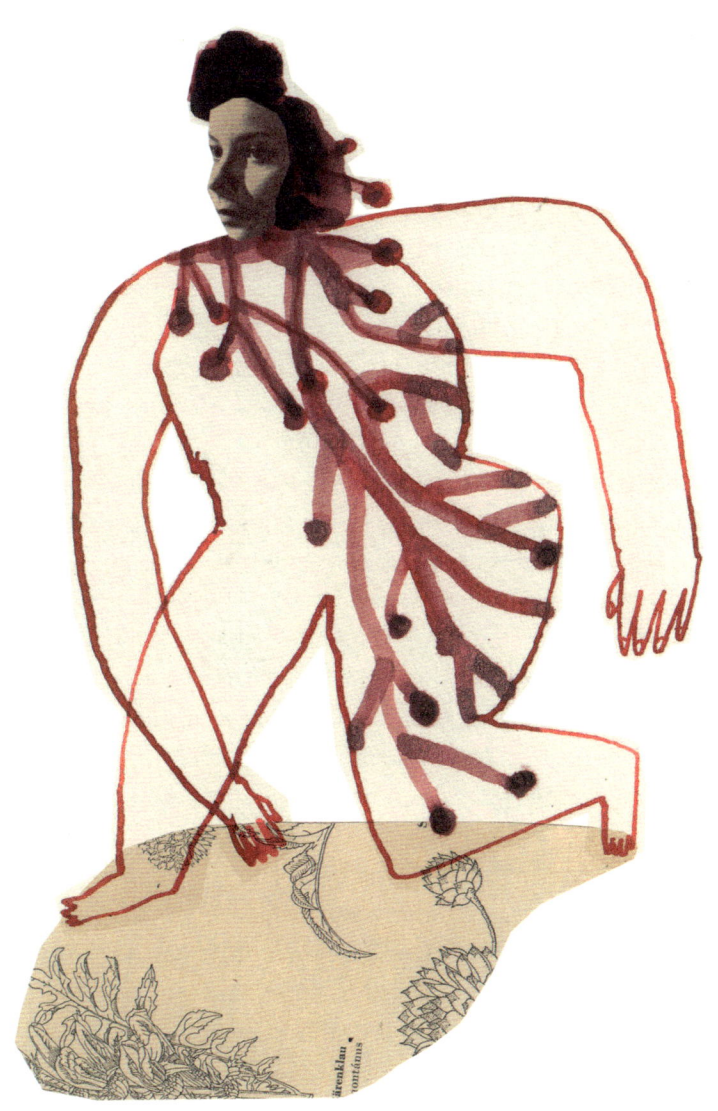

79

# 8. Kapitel

ES WAR NICHT nur Frau Ida, die beerdigt wurde. Es war die zauberhafte Stimmung ihres Gartens hinter unserer Hecke; waren die Besuche in ihrer kleinen Küche, die Gerüche von Marmelade und frischem Kuchen. Und das Gefühl: Du bist ein Kind. Du bist kräftig, deshalb kannst du einer alten Dame auch mal helfen. Aber dafür wirst du bekocht, verhätschelt und umsorgt. Niemand hatte mich bisher so umsorgt wie Frau Ida, und niemand würde es wieder tun. Ich hoffte, dass wir ihr in ihren letzten Lebensjahren wenigstens ein bisschen Freude bereitet hatten, und dass sie davon etwas mitnehmen konnte, wo auch immer sie nun hinging …

Wir standen um ihr Grab herum, Toni, ich, Hera und Harri, ein entfernter Cousin von Frau Ida (es war ein älterer Herr mit Gehwägelchen) und der Trauerredner. Der Trauerredner war schnell fertig mit seiner Rede, er sprach noch einen Segensspruch und forderte uns auf, ein bisschen Erde auf ihren Sarg zu streuen.

»Gehen auch Blumen?«, flüsterte ich, und er nickte. Toni und ich hatten nämlich die Arme voller Blumen, sie waren aus Frau Idas Garten, und nun ließen wir eine nach der anderen in das Grab hineinfallen. Es sah schön aus, die bunten Farben auf der dunklen Erde. Am Ende ging ich in die Hocke und flüsterte: »Tschüss, Frau Ida. Danke für die leckeren Kuchen und alles. Ich wünsch dir eine gute Reise in den Himmel.«

Toni konnte nichts sagen, weil sie so weinen musste. Ich weinte jetzt auch ein bisschen, und es fühlte sich gleichzeitig traurig und schön an. Hera leckte mir übers Gesicht. Harri räusperte sich. »Kommt Kinder«, sagte er.

DER FRIEDHOF HATTE ein schönes großes Tor, und als wir hindurchgingen sah ich am Bürgersteig einen hellblauen Käfer stehen. »Mama!«, rief ich, und tatsächlich stieg sie gerade aus und kam mir entgegengerannt. Sie trug eine neue, sehr große, hässliche Brille. »Du siehst ganz anders aus«, sagte ich, als wir uns fertig umarmt hatten, und Mama hielt mich ein wenig von sich weg und sagte: »Du auch. Mensch, Mia, du bist irgendwie gar kein Kind mehr.«

Wir saßen um den Tisch in der kleinen Küche der Wildmohnfrau und aßen gemeinsam zu Abend. Und obwohl die Grünkernbratlinge außen hart und innen matschig waren, war es schön, wieder zusammen zu sein.

»Wer kümmert sich denn jetzt um Frau Idas Haus?«, fragte Mama.

»Das macht Herr Rimmele«, sagte Harri. »Ihr Cousin. Er wird es irgendwann räumen lassen, dann wird es verkauft. Übrigens hat er gesagt, wir könnten ruhig durchs Haus gehen und uns ein paar Sachen aussuchen, bis ...«

»Ach, vielleicht könntet ihr da einziehen!«, rief die Wildmohnfrau und packte Mama am Arm.

»Ts, das wär was«, sagte Mama. »Aber ... ich hab schon was anderes gefunden.«

Alle schwiegen und sahen Mama an. Sie schob ihre große Brille nach oben.

»Also, war das ein Zufall. Ihr kennt doch diesen Apfelbauern vom Markt, Norbert, bei dem wir immer Äpfel kaufen. Ich stand da in der Schlange, das war heute Morgen, und er so zu der Frau vor mir: ›Wenn du jemanden kennst, der'n Zimmer sucht, bei uns ist grad was frei geworden.‹ Da hab ich mich einfach eingemischt und gesagt, ich würde das Zimmer sofort nehmen. Wir haben uns quasi per Handschlag geeinigt.«

»Und?«, sagte die Wildmohnfrau. »Ist es schön? Wie groß?«

»Ja, das weiß ich noch nicht«, sagte Mama. »Ich hab es noch nicht gesehen.« Und zu mir: »Aber wir fahren da jetzt gleich zusammen hin!«

»Das muss ich mir erst noch überlegen«, sagte ich.

»Was soll das denn heißen?«, fragte Mama. Und die Wildmohnfrau sagte: »Ach komm, Mia, es ist wirklich zu eng für Toni und dich auf einer Matratze ...«

»Davon rede ich ja auch gar nicht. Ich könnte bei Frau Ida schlafen.«

»Aber die ...«, rief Toni, doch dann war sie still.

In Wirklichkeit wollte ich auf keinen Fall in dem leeren Haus schlafen. Aber Mama sollte nicht denken, sie könnte mich wie einen Hund irgendwo absetzen und dann wieder einsammeln und irgendwo anders mit hinnehmen.

»Ich hab noch den Schlüssel«, hörte ich mich sagen, »und das Bett ist gemacht.«

WIR GINGEN GEMEINSAM hinüber. Das Gartentörchen quietschte wie immer. Die Wildmohnfrau sagte: »Das müsste mal geölt werden.« Und Harri sagte: »Wozu? Das wird alles abgerissen hier.«

Ich schloss das Haus auf und machte Licht, aber alle zögerten wir an der Tür, als wäre es unhöflich, einfach so in Frau Idas Haus einzudringen, ohne dass sie uns eingeladen hatte. »Wir machen nichts kaputt«, flüsterte ich Frau Ida zu, oder ihrem Geist, falls er da war. »Wir schauen nur ein bisschen.«

Hera wagte sich als Erste vor – leicht geduckt, denn bisher hatte ich sie immer sofort zurückgepfiffen und bei der Küchentür Platz machen lassen. Frau Ida wollte keine Hundehaare in ihrer guten Stube. Aber nun gab es keine Frau Ida mehr. Es war so seltsam.

Toni und ich zeigten den anderen die Fotos in der Stube, die Hochzeitsbilder und die Bilder von Frau Idas Mann mit seinen Schafen. Wieder, wie schon so oft, stellte ich mir vor, wie er mit seinen Schafen durch den Regen gerannt war, und zack!, hatte ihn der Blitz erschlagen. Wie er wohl ausgesehen hatte danach? Verbrannt? Oder schön friedlich wie Frau Ida? Friedjof zog an einem Hampelmann, den er in der Kommode entdeckt hatte, und riss eine Schale herunter. Sie zerbrach. »Friedjof!«, rief ich. Wir starrten auf die geblümten Scherben. Friedjof fing an zu heulen, worauf die Wildmohnfrau ihn sofort auf den Schoß nahm. Friedjof schob ihr Hemd hoch und begann, an ihrer Brust zu saugen. Ich aber schämte mich vor Frau Idas Geist. Eben noch hatte ich versprochen, dass wir nichts kaputt machen würden. »Es tut mir leid«, flüsterte ich, während ich auf dem Boden herumkroch, um die Scherben aufzusammeln. Toni half mir.

»Was flüsterst du denn da die ganze Zeit?«, fragte sie. Ich antwortete nicht. Stattdessen schmiss ich die Scherben in den Papierkorb und ging dann langsam die ausgetretene Treppe hinauf. Toni folgte mir. In der ersten Etage war ich noch nie gewesen. Dort befand sich Frau Idas Schlafzimmer, das wusste ich, für mich war es das Heiligtum des Hauses. Irgendwie erwartete ich, hier dem Geheimnis dieser kleinen guten Frau näherzukommen. Es roch etwas muffelig, die Fenster mit den weißen Spitzengardinen waren geschlossen. Das Bett, ein Ehebett, war fein säuberlich gemacht, auf dem einen Nachttisch stand ein eingerahmtes Bild ihres Mannes, auf dem anderen lag eine Bibel und eine Lupe. Ich zog die Schublade auf. Da waren ein paar Medikamentenschachteln drin und eine Packung Schogetten, ein paar Briefe und ein Feuerzeug. Sonst gab es nicht viel Aufregendes. An einem Haken an der Tür hing ein Nachthemd. Der Boden bestand aus alten Dielen, vor dem Bett lag ein kleiner Läufer.

»Frau Ida war echt ne perfekte Hausfrau«, sagte Toni.

In der Ecke stand ein Bauernschrank, wir spähten hinein. Alles war fein säuberlich gefaltet. Die großen BHs und Unterhosen, die Hosen. Ich wollte die Tür schon wieder schließen, fuhr aber noch einmal kurz mit der Hand in den Stapel ihrer Hemden, wie um mich zu verabschieden, und da fühlte ich etwas … Ich kramte es heraus. Es war eine angebrochene Schachtel Marlboro lights.

»Hä?«, sagte Toni. »Sind die etwa von Frau Ida?«

»Sieht so aus«, sagte ich.

»Hätte ich nie gedacht, dass die raucht.«

»Ja«, sagte ich, aber mir gefiel die Vorstellung, dass Frau Ida hinter zugezogenen Vorhängen auf ihrem Bett saß, Schogetten naschte und genüsslich an einer Zigarette sog. Wie sie dann die Zigarette ausdrückte, im Klo runterspülte, lüftete und die Bibel aufschlug.

UNTEN HATTE JEMAND Tee gekocht. Die Erwachsenen saßen um Frau Idas winzigen Tisch mit der grün-blau karierten Plastiktischdecke und redeten. Friedjof saß auf Hera, die immer wieder versuchte, ihn abzuschütteln.

»Mensch, ich sollte mal los«, sagte Mama. »Zum Norbert. Wegen dem Zimmer. Bist du sicher, dass du hierbleiben willst, Mia?« Sie sah sich skeptisch in Frau Idas Küche um, als ob aus ihren Einmachgläsern Geister herauskriechen könnten.

»Toni kann mir ja Gesellschaft leisten«, sagte ich. Toni nickte. Die Wildmohnfrau schaute zuerst streng und sagte: »Toni braucht eine richtige Matratze zum Schlafen. Sonst ist die morgen nur am Nörgeln.« Aber als wir immer weiter bettelten, gab sie nach: »Also ausnahmsweise. Weil Wochenende ist.«

Es war richtig gemütlich mit Toni und Hera in Frau Idas Stube. Als die anderen gegangen waren, löschten wir die Lichter und ließen nur die kleine Stehlampe an. Hera kroch auf den Sessel und rollte sich wie eine Füchsin zu einer Kugel zusammen. Toni und ich lagen nebeneinander auf der Couch und erzählten uns Geschichten, bis uns die Augen zufielen. Ich träumte von Schafen, mit denen ich durch den Regen raste, und Blitzen, die über den Himmel zuckten.

NIE HÄTTE ICH gedacht, dass diese Nacht die erste von fast hundert Nächten sein würde, aber so war es. Frau Idas Haus wurde mein eigenes kleines

Zuhause. Mama kam am nächsten Tag vorbei und meinte, das Zimmer auf dem Hof, na ja, da müsse man noch einiges machen, und vielleicht wäre es besser, wenn ich noch eine Nacht hierbliebe. Dann fuhr sie zur Arbeit, und Toni und ich frühstückten und erforschten Frau Idas Haus. Und am Abend war Mama zu müde, um noch zu renovieren. So war es auch am nächsten Tag und am übernächsten auch, und irgendwann sagte ich zu Mama: »Ich bleib hier. Mach dir um mich keine Sorgen.« Das war kurz vor meinem dreizehnten Geburtstag.

An meinem Geburtstag machte ich eine kleine Feier in Frau Idas Haus. Ich lud Katha und die Leute aus meiner Klasse ein. Eigentlich war ich in der Schule eher eine Einzelgängerin, aber unbeliebt war ich auch nicht, und weil sich herumgesprochen hatte, dass ich allein in dem Haus einer alten Dame wohnte, meldeten sich sogar die coolen Jungs zu meiner Party an.

Mama versuchte, mir einen Geburtstagskuchen zu backen, aber schon, als sie morgens mit der Wildmohnfrau, Toni und den anderen neben meinem Sofa stand und »Viel Glück und viel Segen« sang, konnte ich sehen, dass es ihr wieder misslungen war. Der Kuchen hatte keine richtige Form. Es waren eher ein paar Brocken, die im Kreis angeordnet waren. Mit Schlagsahne, die aber offensichtlich nicht ganz steif geschlagen worden war, hatte Mama versucht, die Sache zu retten, aber das Ganze eher noch verschlimmert. Trotzdem tat ich, als ob ich mich freute, fragte mich aber, was ich meinen Gästen nun anbieten sollte. Darüber sprach ich später mit Toni. Und die hatte eine fantastische Idee. »Wir könnten doch Frau Idas Keller und ihren Vorratsschrank räumen«, schlug sie vor – und so machten wir es. Es gab dann eingelegte Kirschen, Bohnen, Wurst, haufenweise Schogetten und einen Marmorkuchen, den wir im Gefrierfach entdeckt hatten. Leider war uns erst ganz zum Schluss eingefallen, dort nachzuschauen. Deshalb war er noch halb gefroren, als Katha kam und sich ein Stück davon abschneiden wollte.

Wir hatten trotzdem Spaß, wir spielten *Blinde Kuh* und *Mord im Dunkeln*, und irgendwann stellte jemand Frau Idas altes Radio an und wir spielten damit *Reise nach Jerusalem*. Jonathan und Ossi entdeckten den Wein im Keller und kamen auf die Idee, ihn zu öffnen und auszuteilen. Die meisten von uns hatten noch nie Alkohol getrunken. Katha betrank sich am schlimmsten, sie musste sich später übergeben, und wir mussten sie ins Badezimmer schleppen und abduschen. Weil sie natürlich keine Ersatzkleider dabeihatte, saß sie den Rest des Abends wie eine kleine verwirrte Oma in Frau Idas Kleidern auf dem Sofa und benahm sich auch so.

Die Verwüstungen der Party am nächsten Morgen aufzuräumen, machte keinen Spaß, aber Toni, Mama und Harri halfen mir. Mama entdeckte dabei immer wieder Sachen, von denen sie sagte: »Hm, das wäre echt praktisch für den Hof.« Und am Ende fehlte einiges an Geschirr, die Stehlampe aus dem Wohnzimmer, die Matratze aus Frau Idas Bett und andere Dinge. Das war unmöglich von Mama, fand ich, aber sie sagte: »Mensch Mia, denk doch mal nach, das wird alles vernichtet hier, sobald der Cousin das räumen lässt.« Mir war das egal, es war mein Zuhause, und sie hatte kein Recht, es auseinanderzurupfen. Wir stritten uns und irgendwann fuhr Mama weg.

ABER SIE HATTE recht gehabt. Eines Tages, als ich von der Schule kam, stand ein Lastwagen vor Frau Idas Haus und Männer mit Umzugskartons stiefelten rein und raus. Toni und ich blieben auf der anderen Straßenseite stehen und sahen wie gelähmt zu. Irgendwann holte ich Hera aus der Wohnung der Wildmohnfrau, und ohne ein Wort zu Toni zu sagen, lief ich mit ihr zum Neckar. Es war ein weiter Weg und das war gut so. Endlich angekommen, planschte Hera im Wasser herum und ich lief am Strand entlang und sammelte Muscheln, wie wir es früher immer getan hatten.

## Existenzbedingungen

Es genügt aber nicht, dass Samen entstehen,
von denen jeder einen lebensfähigen Embryo
und die zu dessen Erhaltung während der
Keimung nötigen Nahrungsstoffe enthält,
sondern es müssen, damit aus diesen Samen
gesunde kräftige Pflanzen hervorgehen,
dieselben an Orte gelangen, wo die
Existenzbedingungen der betreffenden
Pflanzenart vorhanden sind.*

*Detlefsen, E.: Wie bildet die Pflanze Wurzel, Blatt und Blüte?
In: Das Wissen der Gegenwart – Deutsche Universalbibliothek für Gebildete,
Band 59, Freytag/Tempsky, Leipzig/Prag, 1887, S. 255

# 9. Kapitel

Der Hof hiess *Bäuerle Hof* und war umgeben von Wiesen mit alten Apfelbäumen, die hinten zu einem Hang hin anstiegen. In der Ferne weideten ein paar Schafe. Es gab auch Scheunen und alte Stallgebäude, aber das waren jetzt Schreinerwerkstätten. Hinter dem Hof standen ein paar Bauwagen. Mama hatte ein Zimmer im Haupthaus bekommen, es war Teil der größeren Wohnung, in der auch der Bauer, also Norbert, wohnte. Seine Freundin hatte ihn gerade verlassen. Es war eine plötzliche Entscheidung gewesen, sie hatte sich »in der Nacht oifach davo gmacht«, erzählte mir Norbert in vertraulichem Ton, obwohl ich es gar nicht wissen wollte. Mama fand das praktisch. So hatten wir jedenfalls ein paar Möbel.

Ich weigerte mich, mit in das Zimmer zu ziehen, auch wenn Mama Frau Idas Matratze hergeschleppt hatte, sodass wir nicht einmal in einem Bett hätten schlafen müssen.

»Die kann doch jederzeit wiederkommen«, sagte ich.

»Ha no, da hat se Pech ghätt«, sagte Norbert und grinste. Er war eigentlich ganz nett, nur dass er stark nach Schweiß roch. Er hatte riesige Hände, nie hatte ich solche Hände gesehen.

»Wenn, dann schlaf ich auf dem Sofa«, sagte ich.

»Ach Mensch, Mia, wir haben aber nur das eine Zimmer gemietet«, sagte Mama. Ihre Brille verrutschte. Norbert legte Mama einen Arm um die Schulter.

»Dei Mama hat sich arg agschdrengt«, sagte er. »Guck a mol. Isch des net gmiatlich?«

»Nein«, sagte ich und drehte mich weg. »Dann schlaf ich halt mit Hera im Auto.«

»Also«, hörte ich Norbert zu Mama sagen, »der oine Bauwage isch sowieso leer. Der ghert dem Marco, woisch, der isch eh grad in Spanien. Da könnt se erscht amol nei.«

Im Bauwagen roch es nach Holz, die Wände waren frisch renoviert. In den hinteren Teil war ein großes Bett gebaut, auf dem eine nackte, zerfranste Schaummatratze lag. Es gab einen kleinen Ofen und neben der Tür ein winziges Waschbecken.

»Des isch glaub no net agschlosse«, sagte Norbert.

»Das ist schon okay«, sagte ich.

»Ja, und a Klo gibt's au net, da muscht halt dann zu uns hoch komme.«

»Gut.«

Ich setzte mich auf das Bett. »Ist das für Marco denn in Ordnung, dass hier jemand drin schläft?«, fragte ich. Es wäre schon verdammt cool, in einem eigenen Bauwagen zu wohnen, dachte ich. Wenn das die Leute in der Klasse hören würden ...

»Der isch total locker. Und sowieso bin i ja der Boss.« Norbert lachte. »I denk, der kommt im Auguscht, zur Apfelernte. Bis dona überlege ma nomal.«

Als Norbert gegangen war, saß Mama noch kurz bei mir.

»Also ich hätte mich schon gefreut, endlich wieder mit dir zusammen zu wohnen«, sagte sie leise.

»Tja«, sagte ich. Hera stieß mich mit ihrer Schnauze an, ich kraulte sie. Irgendwann seufzte Mama und ging.

Obwohl der Bauwagen mit hellem Holz verkleidet war und Hera glücklich auf dem Hof herumraste, lag von Anfang an etwas wie ein düsterer Schatten auf diesem Ort. Innerhalb von den drei Jahren, nach denen ich diesen Ort für immer verließ, starben vier Menschen – und ein Teil von mir selbst. Mama und ich drifteten in dieser Zeit auseinander.

Es fing damit an, dass ich eines Abends in die Wohnung ging, um das Bad zu nutzen. Anschließend wollte ich noch bei Mama reinschauen und Gute Nacht sagen. Aber ich fand Mama nicht wie erwartet ein Buch in ihrem Bett lesend; ich sah nackte Beine, die in die Luft ragten und einen weißen Männerpo, der sich auf Mama auf und ab bewegte. Ich floh.

Ich hatte Norbert nett gefunden; jetzt konnte ich kaum mehr mit ihm am selben Tisch sitzen. Seine Hosen waren dreckig, er furzte beim Essen und seine Haare sahen aus wie Kompost. Warum war mir das nicht früher aufgefallen?

DAS GUTE AM BÄUERLE HOF war, dass ich zu Fuß zu Toni laufen konnte. Oft verabredeten wir uns auf einem Hügel, etwa auf der Hälfte der Strecke. Toni war immer pünktlich, und oft konnte ich sie schon von Weitem dort oben stehen sehen. Ihre langen schwarzen Haare flatterten im Wind. Hera und ich rannten um die Wette auf sie zu. Wir sprachen dann über Hausaufgaben und die süßen Jungs im Tanzkurs. Nie über das Düstere. Vielleicht hatte ich dafür noch keine Worte oder ich wollte die gute, schöne Welt, in der Toni lebte, nicht beschmutzen.

DER ERSTE TOTE war Rudy.

Rudy wohnte im Haupthaus, oben unter dem Dach, und arbeitete in der Schreinerwerkstatt. Er trug einen langen blau-schwarz gefärbten Zopf und war immer nett zu mir. Nach dem Wochenende tauchte er oft mit einem blauen Auge auf oder hinkte. Mama erklärte mir, dass er ein Alkoholproblem habe und manchmal in Prügeleien gerate. Eines Tages kippte er auf der Straße um und wurde von einem Auto überfahren.

»Absichtlich«, behauptete Norbert. »Und dann noch Fahrerflucht.« Er senkte die Stimme. »Des isch Mord.« Er sah Mama mit hochgezogenen Augenbrauen an, und sie sah ängstlich zu mir herüber. Starr erwiderte ich ihren Blick. Dachte sie etwa, dass sie mich noch schützen konnte?

Die Gedenkfeier war eigentlich ganz schön, man hatte ein großes Foto von Rudy aufgestellt, auf dem er lachend in die Kamera blickte, und darunter einen riesigen Blumenstrauß. Der Pastor hielt eine Ansprache, und Rudys Bruder saß vor mir und weinte. Als die wenigen Gäste nach der Feier noch zusammenstanden und wieder von dem Mordthema anfingen, ging ich mit Hera hinaus.

ENDE AUGUST, ALS die Äpfel fast reif waren, kam Marco zurück aus Spanien. Sein Gang erinnerte mich an jemanden. Ich saß auf der Stufe seines Bauwagens, als er eines Abends auf mich zugeschlurft kam. Auf dem Kopf trug er ein riesiges Knäuel blonder Rastalocken. Er sah auf mich herunter und grinste.

»Du bist also die, die meinen Bauwagen besetzt hat«, sagte er.

Ich sprang auf. »Norbert hat gesagt ...«

»Keine Panik«, sagte Marco. »Wie heißt dein Hund?«

»Hera.«

Marco stellte seinen Rucksack ab und streichelte Hera. Sie ließ sich auf den Rücken fallen und streckte alle Viere von sich. Da ging er in die Hocke und kraulte ihr den weißen Bauch.

»Wenn du ne Frau wärst, wärn wir schon zusammen«, sagte er, und als er aufsah und unsere Blicke sich trafen, wurde ich rot.

»Hey, das war'n Scherz.«

Marco setzte sich neben mich auf die Stufe und begann, sich eine Zigarette zu drehen. Er bot mir auch eine an, aber ich lehnte ab. Jedenfalls an diesem Abend. Aber es dauerte nicht lange, da tat ich meinen ersten Zug. Er zerriss mir fast die Lunge, ich bekam einen schrecklichen Hustenanfall. Marco klopfte mir auf den Rücken. »Das wird mit jedem Zug besser«, tröstete er.

Marco war achtzehn und hatte die Schule abgebrochen, weil er sich in Spanien ein Dorf kaufen und Ziegenhirte werden wollte. »Da fragt dich keiner, auf welcher verdammten Schule du warst«, sagte er. Wie ich ihn bewunderte.

Norbert bot mir das Zimmer unter dem Dach an, das seit Rudys Tod leer stand. Wir würden es neu streichen und einrichten. Der Gedanke, im Zimmer eines Toten zu wohnen, gruselte mich, aber ich hatte keine andere Wahl und nahm das Angebot an.

»Was meinst du, welche Farbe?«, fragte ich Marco. Ich kam meist zufällig bei ihm vorbei, wenn ich mit Hera spazieren ging; sie trabte aus alter Gewohnheit immer wie selbstverständlich auf den Bauwagen zu.

»Schwarz«, schlug Marco vor.

»Schwarz«, sagte ich später zu Mama. Sie flippte aus. »Niemals!« Wir schrien uns an, und ich verbarrikadierte mich. Ich war so sauer, dass ich mit schwarzem Edding »Mama du Sau« auf die Wand kritzelte. Zwar entschuldigte ich mich später kleinlaut, aber wir bekamen die Schrift nicht mehr ab, und keine Farbe konnte sie decken. So bekam ich doch meine schwarze Wand, und mitten darauf klebte ich ein Poster von den Ärzten.

Frau Idas Matratze legte ich direkt auf den Boden, so fand ich es gut. Hera musste im Flur schlafen, weil sie Flöhe hatte und ich auf die Stiche allergisch reagierte. Aber neben mir stand mein CD-Spieler und an der einzigen geraden Wand die Kommode von Mamas Großmutter.

Eigentlich fühlte es sich schön an, ein eigenes Zimmer zu haben, und in der ersten Nacht schlief ich gut. Aber dann fing es an. Wenn ich abends das Licht ausmachte, lag ich oft noch mit offenen Augen da. Und plötzlich war da jemand. Sehen konnte ich es nicht, aber spüren. Die Angst war so überwältigend, dass ich mich nicht rühren konnte, nicht mal schreien konnte ich. Das Wesen war bei der Tür, es wollte mich beherrschen, und sobald ich die Augen schloss, würde es soweit sein.

Die nächste Nacht schlief ich bei Toni, und am übernächsten Abend blieb ich so lange bei Marco vorm Bauwagen sitzen, bis er anfing zu grinsen und mir mit der Hand übers Knie zu streichen. Da schlich ich dann doch hoch in mein Zimmer. Ich legte mich mit Kleidern ins Bett und versuchte, die Augen offen zu halten, so lange es ging. Irgendwann musste ich eingeschlafen sein.

Mama rüttelte mich wach.

»Mia! Sag mal, was ist denn los mit Dir. Du kommst viel zu spät zur Schule!«

So war es, mein Schulbus war schon weg, aber zum Glück hatte Mama Spätdienst und konnte mich fahren. Toni sah mich mit zusammengezogenen Augenbrauen an, als ich das Klassenzimmer betrat. Aber was wusste die schon.

Abends ging es wieder los. Diesmal war es so schrecklich, dass ich sterben wollte. Wie lange ich mit aufgerissenen Augen dalag, weiß ich nicht, aber am nächsten Tag schlief ich in der Schule ein und wachte von dem dreckigen Gelächter meiner Mitschüler auf.

»Ich will dir ja keine Angst machen«, sagte Marco am Abend, als ich es endlich schaffte, darüber zu reden. »Aber Seelen von Selbstmördern können anhänglich sein.«

Ich verstand nicht gleich. »Rudy hat sich doch nicht umgebracht.«

»Woher willst du das wissen. Er hat es schon mal probiert.«

Ein paar Minuten saß ich in Schockstarre neben ihm. »Ich kann da nicht mehr schlafen«, sagte ich.

»Mein Bett ist groß genug«, sagte Marco.


ICH WAR VIERZEHN Jahre, als ich meine Unschuld verlor, wie es so blöd heißt. Es war nicht an diesem ersten Abend, aber auch nicht lange danach. Irgendwann steckte mir Marco seine Zunge in den Mund, und nach dem ersten Schreck verstand ich, dass er mich küsste. Es war ekelhaft. Ich versuchte, das Gefühl der Bewunderung zurückzuholen, das Kribbeln im Bauch. Marcos Griff wurde immer fester, und ich wagte nicht, mich loszureißen, denn schließlich war ich ja selber schuld. Ich war diejenige, die immer zu ihm gekommen war. Dann lagen wir in seinem Bett und er auf mir drauf.

»Bitte«, keuchte er, als ich meine Beine zusammenpresste. »Es ist total schön. Bitte. Komm.«

Als es endlich vorbei war und ich neben ihm lag, musste ich mir beide Hände aufs Gesicht legen. Irgendetwas Schreckliches war mit meinem Gesicht passiert. Es war, als wäre es nicht mehr da, meine Augen, mein Mund – nichts war mehr wie früher.

Als ich Toni am nächsten Tag auf dem Hügel traf, versuchte ich, ihr von Marco zu erzählen. Scheinbar beiläufig erwähnte ich, dass ich jetzt mit ihm zusammen war. Ihr Gesicht wurde finster.

»Pf«, fauchte sie. »Das hätte ich nie gemacht. Der nutzt dich doch nur aus.«

Vielleicht war es so. Aber auch ich brauchte Marco. Er war der Einzige, der mich vor dem Dunklen beschützen konnte.


IM FRÜHJAHR VOR meinem fünfzehnten Geburtstag wurden meine Klassenkameraden konfirmiert. Ich gehörte zu der kleinen Gruppe von Kindern, die keiner Kirche angehörten, und die Lehrer hatten vorgeschlagen, für diese Übriggebliebenen eine Jugendfeier zu veranstalten, um den Übertritt ins Jugendalter informell zu feiern. In der Schule würde es eine Ansprache geben, die Schüler würden ein Lied vorsingen und man würde mit den Verwandten zusammensitzen und essen. Zu diesem Anlass lud Mama Papa ein.

Papa kam, als die Ansprache bereits vorbei war und wir gerade mit dünnen Stimmen unser Lied sangen. Ein bisschen schämte ich mich, dass wir ihm nicht mehr zu bieten hatten, aber ich freute mich sehr, ihn zu sehen.

»Mein Mia-Mädchen«, rief er laut, als wir uns begrüßten, und versuchte, mich ein bisschen in die Luft zu heben, wobei mir der Rock bis über den Po hinaufrutschte.

Leo aus meiner Klasse stand daneben und grinste, und ich wäre am liebsten im Erdboden versunken. Später trafen wir uns mit Tonis Familie und gingen zusammen am Neckar spazieren. Die Sonne schien und es war wirklich schön. Einmal lief ich für ein paar Minuten allein neben der Wildmohnfrau her. Sie lächelte mich feierlich an.

»Fühlst du dich denn anders?«, fragte sie. »Jetzt, wo du eine Jugendliche bist?«

Ich zuckte mit den Achseln. »Nö …«

»Aber ich finde, du siehst anders aus. Du wirkst ein bisschen wie eine junge Frau, wirklich. Ach, für mich war die Pubertät eine schwierige Zeit …«

»Warum denn?«

»Ich hatte überhaupt kein Selbstbewusstsein, hab mich für meinen Körper geschämt. Alles war falsch. Meine Locken fand ich schrecklich, ich wollte glatte lange Haare haben. Stell dir vor, ich hab meine Haare gebügelt. Ich habe sie aufs Bügelbrett gelegt, Zeitung drauf, und gebügelt!« Wir lachten.

»Das kenne ich«, sagte ich. »Also, dass ich anders sein will, als ich bin und so.«

»Ja«, sagte die Wildmohnfrau. »Weißt du, ich glaube, das ist normal. Das ändert sich auch wieder.«

»Wirklich? Ich kann mir nicht vorstellen, dass ich irgendwann mit mir zufrieden sein werde.«

»Doch. Ganz bestimmt. Stell dir vor, ich bin jetzt im Reinen mit mir. Es hat eine Weile gedauert. Aber jetzt finde ich meinen Körper schön.«

Ich starrte die Wildmohnfrau an. Diese Worte waren revolutionär. Ich hätte nie gedacht, dass man so etwas aussprechen, so etwas fühlen konnte. Ich war jedenfalls weit entfernt davon.

Papa schenkte mir eine Pentax Spiegelreflexkamera. Wir verbrachten den späten Nachmittag damit, alle Einstellungen durchzugehen, einen Film einzulegen und erste Fotos zu schießen.

Abends saßen Mama, Papa, Norbert und ich in unserem Wohnzimmer (Mama und Norbert teilten sich mittlerweile die ganze Wohnung). Und da sagte Mama: »So, Mia, jetzt kommt noch eine Überraschung.« Sie gab Papa ein Zeichen. Und da zog Papa einen Briefumschlag aus der Tasche und holte ein Flugticket heraus.

»Meine Tochter geht auf Reisen«, verkündete er.

»Ja«, sagte Mama. »Das hast du dir doch immer gewünscht. Wir haben dir ein Schuljahr in England organisiert.«

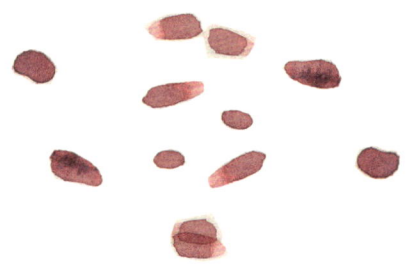

## Der Zentralspross

Besonders bei jungen Trieben besteht zwischen der obersten, ganz zarten Region, der Embryonal- und Determinationszone des Vegetationskegels, in der die Blattanlagen entstehen, eine innere Beziehung zur Sonne. Von hier geht die Hinwendung zur Sonne, der sogenannte Phototropismus aus. Nun kann die zarte Sprossspitze nur dadurch zur Sonne in Beziehung treten, dass in ihrem Leben etwas wirkt, was mit der Sonne verwandt ist.*

KRANICH, E. M.: Pflanze und Kosmos,
Verlag Freies Geistesleben, Stuttgart, 1997, S. 31

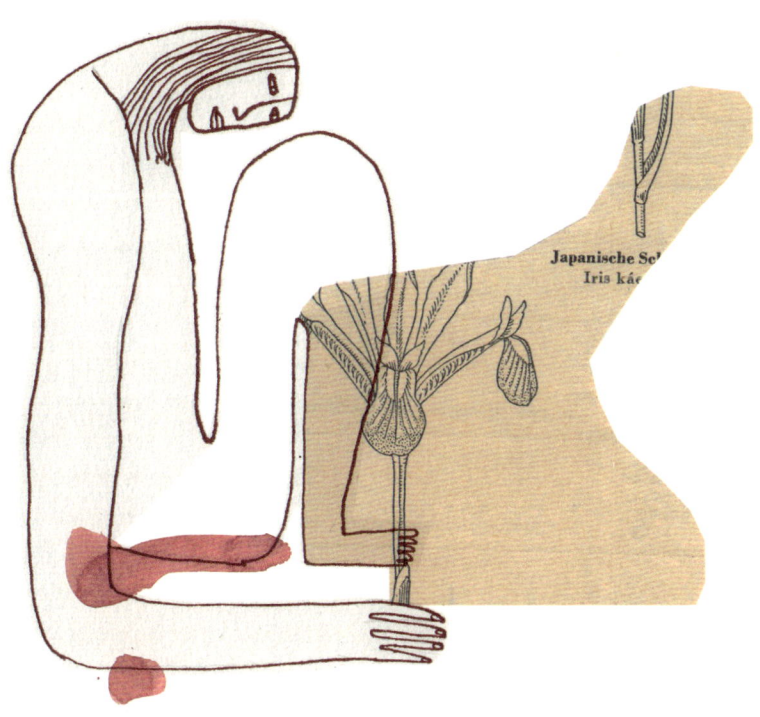

# 10. Kapitel

AN EINEM KALTEN Januarmorgen brachten Mama und Toni mich zum Flughafen. Die Lautsprecheransagen in der Abflughalle und die fremden Menschen mit ihren Koffern verursachten ein Kribbeln in meinem Bauch. Als wir uns vor der Passkontrolle umarmten, hatten Toni und Mama Tränen in den Augen. Ich nicht. Ich freute mich auf dieses Abenteuer.

»Passt auf Hera auf!«, sagte ich noch, dann reihte ich mich in die Schlange ein, ohne mich noch einmal umzudrehen.

Das Flugzeug war eine kleine Maschine, und es war halbleer. Anscheinend wollten nicht so viele Menschen nach Birmingham. Wir hatten uns für diese Stadt entschieden, weil Mama dort die günstigste Schule gefunden hatte. Bald begann das Flugzeug wild zu schaukeln. Damit hatte ich nicht gerechnet. Als es plötzlich nach unten sackte, schrie ich auf und packte meinen Sitznachbarn in Todesangst am Knie. Er ließ seine Zeitung sinken und sah mich überrascht an.

»You okay?«

»We fall down!« Meine Stimme überschlug sich.

»Oh, no no«, sagte er. »This is quite normal. Don't worry.«

»Really?«, fragte ich.

»Yeah«, sagte er und lächelte, dann schlug er wieder seine Zeitung auf.

Am liebsten hätte ich ihn geküsst. Ich lehnte mich zurück und atmete tief durch. Das Flugzeug schaukelte immer noch, aber plötzlich war ich sehr stolz auf mich. Hier flog ich mit fünfzehn allein durch die Weltgeschichte und unterhielt mich auf Englisch, während Toni zu Hause bei der Wildmohnfrau saß und Hirse aß. Ich dachte an Marco und fragte mich, ob ich ihn vermissen würde. Gestern Abend hatten wir noch lange auf der Stufe vor seinem Bauwagen gesessen und uns eine Zigarette nach der anderen gedreht.

»Wieso fährst du eigentlich nicht über Land«, brummte er. »Is doch viel umweltfreundlicher.«

»Ich wusste gar nicht, dass das geht.«

Marco schnaubte. Wir schwiegen und pusteten Rauch in die Nacht.

»Ich sollte mal gehen, muss noch packen«, sagte ich.

»Tja, das war's dann wohl«, sagte er.

»Was?«

»Na, mit uns.«

Ich sah ihn von der Seite an. Ein paar Rastalocken hatten sich gelöst und hingen ihm ins Gesicht. Sein Ziegenbartflaum schimmerte rötlich im Schein seines Feuerzeugs, mit dem er sich gerade eine neue Zigarette anzündete. Er hatte die Augenbrauen zusammengezogen und sah traurig aus. Warum nur? Es konnte nichts mit mir zu tun haben. Wir waren vier Monate zusammen und hatten vielleicht zehn Mal miteinander geschlafen. Und nach jedem Mal hatte ich mir geschworen, es nie wieder zu tun. Aber für ihn war es womöglich immer schön gewesen? Ich stand auf. Marco rührte sich nicht, er starrte auf das Feld hinaus, obwohl es dort nichts zu sehen gab.

»Ladies and Gentlemen«, unterbrach der Pilot meine Gedanken. »Wir bereiten uns nun auf die Landung vor. Bitte legen Sie Ihre Sitzgurte an. Das Wetter in Birmingham ist regnerisch …«

Edith, meine Gastmutter, war groß und hager und stülpte beim Lächeln ihre Lippen nach vorn. Sie hielt ein Pappschild mit meinem Namen in die Höhe, so erkannten wir uns.

»Hi!«, sagte sie.

»Good evening«, sagte ich. Sie führte mich zu einem alten, klapprigen Auto und dann fuhren wir durch den Regen zu dem kleinen Vorort, in dem sie wohnte. Die Häuser waren alle aus dunkelrotem Backstein gebaut und sahen adrett aus – prim. Das war ein neues Wort für mich, ich fand es in meinem Wörterbuch, und es passte perfekt für diese Gegend. Die Häuser waren einfach klein und adrett, sie hatten Gärtchen mit Gartenzwergen und kleine Treppchen, die zu kleinen Türchen führten. In genau so einem Haus wohnte auch Edith. Ich bekam ein Zimmerchen unter dem Dach mit einer winzigen Luke als Fenster. Eine Kommode, deren Schubladen sich nur öffnen ließen, wenn ich mich mit den Füßen dagegenstemmte, und ein Tischchen standen darin, und auf dem Bett lag ein Quilt mit roten Röschen darauf. Ich liebte es sofort. Dieses Zimmer sollte der Zufluchtsort meiner einsamsten Stunden und der Geburtsort meiner ersten Gedichte werden.

In der Klasse war ich vom ersten Tag an eine Außenseiterin. Zu den Diskussionen konnte ich wenig beisteuern, immer wenn ich mir einen Satz zurechtgelegt hatte, war das Thema schon wieder vorbei. Die affektierten, gackernden Mädchen schreckten mich so sehr ab, dass ich gar nicht erst versuchte, mich in der Pause zu ihnen zu stellen. Und weil ich auch äußerlich nichts Spannendes zu bieten hatte – meine Brust war flach wie ein Brett, meine Haare hatte ich mir vor dem Abflug kurzscheren lassen – wurde ich bald die Unsichtbare. Es war eine traurige Zeit, und ich verkroch mich in Büchern. Die Wände meines Zimmers tapezierte ich mit Briefen und Gedichten. Mein Lieblingsgedicht war das von Christian Morgenstern:

*Die zur Wahrheit wandern //*
*wandern allein //*
*keiner kann dem andern //*
*Wegbruder sein // …*

Es war das erste Mal, dass jemand meiner Einsamkeit eine Stimme verlieh. Und es war die Wildmohnfrau, die mir dieses Gedicht geschickt hatte.

Dann lernte ich Ines kennen. Sie war eine Klasse über mir und ebenfalls eine deutsche Gastschülerin. Ich traf sie eines Morgens auf dem Weg zur Schule, sie kniete in dem Park, durch den ich immer lief, auf dem Boden und sammelte Regenwürmer auf. Auch ich fand einen, er kringelte sich etwas abseits in einer Pfütze, und ich half ihm hinaus. Da sah Ines mich mit ihren dunkelbraunen Augen an und lachte mir ins Gesicht. Seit diesem Tag gingen wir zusammen zur Schule, und wenn es regnete, kamen wir beide zu spät, weil so viele Würmer zu retten waren.

Ines führte mich ins Nachtleben ein. Unsere Lieblingskneipe hieß *The Swan*, sie war schrecklich verqualmt und immer voll und laut. Man stand mit seinem Getränk in der Hand herum und musste Leute anlachen. Ich konnte das nicht, aber Ines konnte es sehr gut, und so gab es bald ein paar Jungs, mit denen wir uns regelmäßig trafen. Zwei von ihnen hießen Paul. Ines verliebte sich in den einen, ich in den anderen. Ines und ihr Paul wurden schon bald ein Paar, während mein Paul und ich schüchtern umeinander herumschlichen. Manchmal gingen wir vom Pub aus zu der Wohnung einer jungen Frau, die über eine günstige Haschisch-Quelle verfügte. Als ein Joint die Runde machte, sog auch ich daran, aber weil ich plötzlich Tonis Stimme im Hinterkopf hatte (»Pf, das würde ich nie machen …«), ließ ich den Rauch nur in meine Mundhöhle. Die anderen fingen an, über Dinge zu kichern, die überhaupt nicht lustig waren. Ich wurde einfach nur hundemüde.

Edith war natürlich nicht mit meinen Pub-Besuchen einverstanden, und einmal, als Ines und ich uns abends davonschlichen, kam sie uns im Nachthemd hinterhergerannt. »Mia!«, schrie sie. »Come back!« Wir liefen schneller, und die arme Edith musste rennen, sie war barfuß und sah aus wie ein Gespenst. »Nur eine halbe Stunde«, bettelte ich, als sie uns eingeholt hatte. »For goodness sake«, schnaufte sie. »Aber dann kommst du zurück.«

Genau an diesem Abend hatte mein Paul Geburtstag, und er lud uns zum Kegeln ein. Ich stieg mit ins Auto und fühlte mich schlecht. Es wurde dann auch ein seltsamer Abend. Und mein Paul sah mich kein einziges Mal an.

Als ich um ein Uhr nach Hause kam, war das Haus hell erleuchtet und Edith telefonierte mit meiner Mutter. Sie gab den Hörer direkt an mich weiter.

»Mia!«, schrie Mama ins Telefon. »Das machst du nie wieder!«

»Okay, okay«, sagte ich. »Reg dich nicht so auf.«

Seitdem gingen wir immer erst los, wenn ich sicher war, dass Edith schlief.

Im Sommer begannen die Spiele um die Europa-Meisterschaft im Fußball. Als England ins Halbfinale kam und gegen Deutschland spielen sollte, erlaubte Edith mir ausnahmsweise, mit Ines in die Stadt zu gehen, um das Spiel live anzuschauen. The Swan hatte einen Fernseher aufgestellt, und als England das erste Tor schoss, bekamen alle Gäste Freibier und grölten vor Glück. Ich verstand nichts von Fußball, aber die Stimmung war ausgelassen und ich feierte mit. Dann schoss Deutschland ein Tor, und die Stimmung wurde angespannt. Es wurden hochprozentigere Getränke bestellt. Es stand jetzt eins zu eins, und dabei blieb es, auch nach der Verlängerung. Letztendlich musste das Spiel durch Elfmeterschießen entschieden werden. Als sich die Spieler aufgestellt hatten, herrschte Totenstille. Erst trat ein Engländer vor. Er stand am Ball, täuschte einmal kurz an, kickte – und traf. Jubel brach aus, mein Paul gab mir einen überschwänglichen, nach Bier riechenden Kuss auf die Backe. Der Schuss des deutschen Spielers war jedoch auch ein Treffer, und da schrie ein Kerl: »Fuck you, Germans!« Unsere Pauls rückten enger an uns heran, und Ines warf mir einen Blick zu. Fünf Mal hintereinander schossen die Spieler beider Mannschaften und trafen. Als der Ball des englischen Schützen in der sechsten Runde vom deutschen Torwart gehalten wurde, verfluchten die Leute die Deutschen hemmungslos. »Ich wusste gar nicht, dass hier so viele Rassisten um uns herum sitzen«, wollte

*SUBSCRIPTION*

The subscription is valid for either one year (two issues) or two years (four issues).
your subscription in writing or via email (subscribe@the-nomad-magazine.com)
expiry of the subscription, this will be extended by a year——for the total cost of a
tion plus postage.

*OFFERS*

A one-year subscription which includes two print editions
for a total cost of EUR 25.00 plus postage

or a two-year subscription which includes four print editions
for a total cost of EUR 48.00 plus postage.

Subscribe for two years and receive an additional copy of the latest issue
of nomad to share with friends——nomad for friends.

*SUBSCRIBE ONLINE*

Individual issues, annual and gift subscriptions can

*WWW.THE-NOMAD-MAGAZINE.COM/SUBSCRIBE*

ich zu Ines sagen, biss mir aber auf die Lippe, es war wohl jetzt besser, nicht den Mund aufzumachen. Der letzte Schütze war Andreas Möller, und er traf. Deutschland war Europameister. Der Kerl von vorhin sprang auf und schrie: »Gib mir einen Deutschen und ich schlag ihn tot!« Andere brachen zusammen und weinten. Es war das erste Mal in meinem Leben, dass ich Männer weinen sah. Aber mehr als diese Männer tat mir der englische Torwart leid. (Tage später las ich in der Zeitung, dass die Engländer ihn für das Desaster verantwortlich machten und dass selbst seine eigene Mutter nicht mehr mit ihm sprach.)

Ines und ich verhielten uns still, aber weil es schon spät war und die Stimmung derartig verstörend, standen wir auf, verabschiedeten uns von unseren Freunden und gingen hinaus. Unsere Pauls hatten mittlerweile so viel getrunken, dass sie uns nicht mehr begleiten konnten – sie hätten selber dringend eine Begleitung gebraucht. Draußen vor dem Pub standen ein paar junge Männer mit Bierflaschen herum und rauchten wortlos. Als wir uns durch sie hindurch schlängelten, sagte einer: »Hey, ihr verfickten Deutschen, macht dass ihr wegkommt.« Wir gingen weiter, da rief ein anderer: »Schneller, haut ab!«

»Wir sollten doch die Pauls fragen, ob sie uns begleiten«, sagte ich zu Ines.

»Wir können nicht mehr zurück«, sagt sie.

Ich drehte mich um und sah, dass sie recht hatte, die Jungs hatten sich in Bewegung gesetzt. Sie liefen uns hinterher! Wir begannen zu rennen. Um nach Hause zu kommen, mussten wir eine vielbefahrene Straße überqueren, und wir einigten uns wortlos auf die Unterführung, um nicht an der Ampel warten zu müssen. Während wir durch den dämmerigen Tunnel rannten, kam es mir vor, als würden wir durch die Hölle gejagt. Hinter uns hallten die Schritte der Jungs, und als wir aus der Unterführung hinausstürmten, sahen wir, wie gerade ein paar von ihnen die Straße überquerten, um uns abzupassen.

»Scheiße«, winselte Ines.

»Da rein!«, stieß ich hervor und zerrte sie in einen kleinen Tankstellenshop.

»Kann ich euch helfen?«, fragte der Mann am Schalter, der ebenfalls verweinte Augen hatte.

»Ja«, keuchte ich. »Rufen Sie ein Taxi. Schnell.«

NACH DIESEM ERLEBNIS gingen wir nicht mehr in The Swan. Ines flog bald danach zurück nach Deutschland, während ich wieder Zuflucht in meinen Büchern und Gedichten suchte. In der Klasse wurde es nicht besser, im Gegenteil. Rick, ein schmächtiger Junge mit blonden Babylocken, fing an, mir »You smell!« hinterherzurufen. Seine Kumpel fanden das total lustig. Ich verhielt mich so unauffällig wie möglich und sprach den ganzen Tag kaum mit jemandem.

Toni war die Einzige, der ich von meinen Schwierigkeiten in der Klasse schrieb: Und einmal fragte ich sie: »Wie wäre es, wenn du dir von deiner Mutter das Geld wiederholst und mich in den Ferien besuchen kommst?« Natürlich wusste ich, dass es nur ein paar Mark waren und dass sie damit keinen Flug würde bezahlen können. Aber am Tag vor meinem Geburtstag rief sie mich an:

»Kannst du mich morgen vom Flughafen abholen?«

Als ich Toni mit ihrem forschen Gang durch die Ankunftshalle kommen sah, schön wie immer, ihre langen schwarzen Haare zu einem Zopf geflochten, da war es, als ob etwas von mir abfiele, meine Muskeln, mein Gesicht, alles entspannte sich. Wir umarmten uns fest, aber kurz – körperlich hatten wir nie gelernt, unsere Zuneigung auszudrücken. Aber ihr Kommen war das schönste Geburtstagsgeschenk, das mir je gemacht wurde.

Gemeinsam reisten wir nach London. Wir schliefen in einer Jugendherberge, besuchten Madame Tussauds und ergatterten auf dem Schwarzmarkt für ein paar Pfund Tickets für Miss Saigon und die Westside Story.

Wer Toni den Flug gezahlt und wie sie es durchgesetzt hatte, alleine nach England fliegen zu dürfen, habe ich nie herausbekommen. Vielleicht hatte sie den Erwachsenen meine Briefe gezeigt? Oder ihre Oma hatte ihr geholfen? Jetzt in London war das Geld jedenfalls knapp, wir hatten das meiste für die Musicals ausgegeben. Aber an einem Abend hatten wir solchen Hunger, dass wir in eine Pizzeria gingen. Wir teilten uns eine Mini-Pizza. »Ich bin noch gar nicht satt«, sagte ich nach diesem winzigen Abendessen. »Ich auch nicht«, sagte Toni. Am Nebentisch saßen zwei Männer, die sich angeregt unterhielten, jeder mit einer riesigen Pizza vor sich. Irgendwann standen die beiden auf und gingen. Von der einen Pizza fehlte die Hälfte, von der anderen gerade mal ein Stück, man sah nur die Einstiche der Gabel, mit der die Männer darin herumgestochert hatten, aber das störte uns nicht. Als wir uns an den Tisch heranschlichen und versuchten, die Pizzen in Servietten zu wickeln, stand eine Kellnerin neben uns.

»Sorry«, sagte sie. »Aber das ist nicht erlaubt.«

»Aber«, sagte ich. »Die Männer sind doch längst gegangen.«

»Tut mir leid«, sagte sie, schmiss die gebrauchten Servietten auf die Pizzen und trug sie davon. Die Leute an den anderen Tischen schauten zu uns herüber. Toni zog mich hinaus. Ich seufzte. Wie schön wäre es gewesen, einfach mal in einem Restaurant zu sitzen und so viel essen zu können, wie man wollte. Wir gingen zurück in unsere Jugendherberge. Es war schon spät, ein paar Leute in unserem Acht-Bett-Zimmer schliefen bereits. Wir schlichen leise hinein und sahen direkt vor unserem Bett riesige Männerstiefel stehen. Da kletterte ich kurzerhand zu Toni ins obere Bett und wir schliefen wie früher, Kopf an Fuß.

DREI TAGE KONNTE Toni mich noch in die Schule begleiten, und die Jungs hörten auf, mich zu ärgern, weil Toni sie ablenkte. Nicht aktiv, sie sprach ja kaum Englisch, aber sie war neu und hübsch und exotisch. Die Jungs knufften sich in die Seiten, wenn sie hereinkam. Zum Abschied bekam sie mehrere Liebesbriefe und man hätte meinen können, sie wäre drei Monate da gewesen, nicht nur ein paar Tage. Als sie fort war, sagte Rick: »Warum ist sie gegangen? Du hättest mit ihr tauschen sollen. Hübsch gegen hässlich. Das wäre ein akzeptabler Deal gewesen.«

Ich dachte an Selbstmord, aber ich war zu feige, konkrete Schritte einzuleiten. »Komm doch mit zurück«, hatte Toni gesagt. Ich war nun sechs Monate in England und hatte genug. Nichts hätte ich lieber getan, als meine Koffer zu packen und mit Toni nach Hause zu reisen. Aber ich wäre als Verliererin zurückgekehrt, und das hätte ich mir nie verziehen. Ich hatte schreckliches Heimweh, wenn ich auch nicht wusste, wonach ich mich sehnte – jedenfalls nicht nach Marco und dem Bäuerle Hof. Konnte man Heimweh bekommen, ohne eine Heimat zu haben? Offensichtlich schon.

EINES TAGES NAHM mich mein Klassenlehrer, Mr. Stone, in der Pause zur Seite und tat das einzig Richtige. Er drohte mir.

»So geht es nicht weiter«, sagte er. »Du bist überhaupt nicht hier. Du bist in der Vergangenheit oder in der Zukunft oder sonst wo, jedenfalls nicht im Hier und Jetzt. Das muss sich ändern.«

»Stimmt«, sagte ich. »Aber … ich weiß nicht, wie.«

Er sah mich an und schnaubte. Er war dick und hatte Schweißperlen auf der Stirn, die er mit einem riesigen zerknitterten Stofftaschentuch abwischte.

»Hör zu. Jetzt fangen die Trimester-Ferien an. Wolltest du nicht ein Praktikum machen?«

Ich nickte. Meine Schule in Deutschland hatte für die Schüler der neunten Klasse ein solches Berufspraktikum vorgesehen. Das hatte ich verpasst und sollte es nun hier in England nachholen. Mir war von Anfang an klar, dass ich auf einen Bauernhof wollte, Bauer zu sein war schließlich auch ein Beruf. Edith hatte mir ein Heft mit Adressen von Höfen gegeben: *Willing Working On Organic Farms*. Wir waren sie zusammen durchgegangen und ich hatte bereits einen kleinen Familienhof in Wales umkringelt, weil er am Meer lag und Schafe und Kühe hatte. Der Bauer war am Telefon sehr nett gewesen und hatte vorgeschlagen, dass ich mich um die Kälbchen kümmern könnte.

»Ich möchte«, sagte Mr. Stone, »dass du dich in den Ferien entscheidest. Wenn Du einen guten Praktikumsplatz findest, geb ich Dir ein bisschen Extra-Zeit. Aber wenn du zurückkommst, bist du hundert Prozent anwesend. Oder du gehst nach Hause.«

UM NACH WALES zu gelangen, musste ich drei Stunden mit einem Bummelzug fahren. Ich stieg in Aberysthwyth aus. Es gelang mir auch nach Wochen nicht, diesen Namen richtig auszusprechen. Auf dem Bahnsteig stand ein einziger Mann, er hatte seinen Hut abgenommen. Er begrüßte mich. »Ich bin Richard«, sagte er. »Schön, dass du da bist.« Wir stiegen in seinen Pick-up-Truck und fuhren an uralten kleinen Steingebäuden, an Schafen und Hügeln und fleckigen Kühen vorbei bis zum Hof.

Ich durfte in einem kleinen alten Wohnwagenanhänger wohnen. Nachdem ich meinen Rucksack abgestellt hatte, zeigte Richard mir den Stall mit den Kälbchen. »Die müssen jeden Morgen um fünf Uhr ausgemistet und getränkt werden, owrai?«, sagte er. »Das wird deine Aufgabe sein.« Ich nickte und ließ ein Kälbchen an meinen Fingern saugen.

»Komm«, sagte Richard. »Jetzt stell ich dir meine Familie vor, owrai?«

Mir wurde klar, dass das »all right« bedeuten sollte, und ich nahm mir vor, es abends im Bett zu üben.

Wenn man ins Bauernhaus kam, zog man die Gummistiefel aus und stand direkt im Esszimmer. Dort war ein großer Holztisch mit einer Eckbank und ein schmiedeeiserner Herd, auf dem immer ein Kessel mit Teewasser pfiff.

Richards Frau hieß Kathryn und war sehr freundlich, nur dass sie starken Mundgeruch hatte. Sie hatten zwei Jungs, vier und sechs Jahre alt, und dann gab es noch den alten Howard und Maria aus Slowenien. Wir trafen uns alle morgens um sechs an diesem Tisch zum ersten Frühstück. Da hatten wir schon den Stall ausgemistet, die Kälbchen getränkt, die Kühe gemolken und auf die Weide getrieben und nach den Schafen gesehen. Es war harte Arbeit, aber nichts in meinem bisherigen Leben ließ sich mit dem herrlichen Gefühl vergleichen, morgens um sechs zwischen den anderen Arbeitern zu sitzen und den wohlverdienten Haferbrei zu löffeln. Man gehörte dazu, egal ob jung oder alt, ob hässlich oder schön; einfach, weil man mitgearbeitet hatte.

»HEUTE KANNST DU mal raus auf die Weide gehen und nach Liana schauen«, sagte Richard einmal zu mir. »Sie ist gestern Abend draußen geblieben, weil sie jederzeit ihr Kälbchen bekommen müsste. Wenn du irgendwelche Anzeichen bemerkst, holst du mich sofort. Owrai?«

»Owrai«, sagte ich.

Liana graste zufrieden und zeigte sich in keiner Weise beunruhigt. Ihr Euter war prall, kleine gelbe Tropfen hingen daran, aber Richard hatte mich ermahnt, sie keinesfalls auszudrücken. Ich kraulte Liana den Hals. Es war ein herrlicher Septembermorgen, die Sonne kroch gerade über die Hügel und ließ die taunassen Gräser glitzern. Von hier oben konnte man bis zum Meer sehen, und man hörte die Wellen, die sich an den rauen Klippen brachen. Gleich wollte ich Kathryn in der Küche helfen, aber ich machte noch einen Abstecher durch das kleine Tal. Ein Flüsschen floss hindurch, man konnte auf Felsbrocken hinüberhüpfen.

Manchmal denke ich, dass es das Licht war, das an diesem Morgen lauter Goldflecken auf den Boden zauberte, oder die frische Meeresluft – irgendetwas ließ mich innehalten. Und plötzlich riss etwas in mir auf, etwas wie eine Haut, die mich bisher von der Welt getrennt hatte. Mit einem Mal konnte ich mich an jedem Steinchen, an jedem Grashalm freuen. Und eine grenzenlose Liebe überschwemmte mein Herz: zu Richard, wie er seine Arbeit tat, aber auch zu dem kauzigen Howard und zu Maria und Kathryn – zu allen Menschen! Man musste einfach aufhören, immer über sich selbst nachzudenken. Die Welt war viel zu schön dafür!

An diesem Morgen, auf einem Felsen an einem kleinen Fluss in Wales hockend, entschied ich, nach den Ferien weitere drei Monate in meiner Klasse in der Elmfield School zu verbringen. Ich wollte es unbedingt schaffen.

AM NACHMITTAG NAHM mich Richard noch einmal mit auf die Weide. Liana hatte jetzt Wehen, sie stöhnte und quälte sich. Die Hufe des Kälbchens schauten bereits heraus, aber es ging nicht weiter. Richard schickte mich los, um ein Seil zu holen. Das band er dem Kälbchen um die Füße, und dann stemmte er seine Füße gegen Lianas Hintern und zog. Ich versuchte, ihr gut zuzureden. Liana schrie. Richard keuchte und fluchte. Und irgendwann flutschte ein nasses kleines Kälbchen auf den Boden.

Wie sich das wohl anfühlen muss, dachte ich. Auf einer grünen Wiese geboren zu werden, und das Erste, das man spürt, ist der Wind, der einem über den Rücken streicht. Richard zog das Kälbchen an den Vorderbeinen zu Lianas Schnauze, und sie leckte es mit ihrer riesigen blauen Zunge ab. Ich nannte das Kälbchen Sunbeam, und diesen Namen hat es behalten.

ALS ICH ENDE September wieder in der Klasse saß, konnte ich die Sprache gut genug, um im Unterricht ab und zu eine meiner knackigen Bemerkungen zu machen, die alle zum Lachen brachten. Nun war ich nicht mehr diejenige, die still am Rand saß und sich hänseln ließ. Zwar waren die Mädchen für meinen Geschmack etwas zu oberflächlich, aber die Jungs waren dafür viel lockerer drauf als meine Klassenkameraden in Deutschland. Als zwei von ihnen auf dem Nachhauseweg vor mir herliefen, holte ich sie ein und wir plauderten ein bisschen. Irgendwie kamen wir auf das Fotografieren zu sprechen, und ich erwähnte meine Pentax, die Papa mir geschenkt hatte. Da wurde Jonah hellhörig und ganz aufgeregt und brachte mich bis nach Hause, weil er unbedingt ein paar Aufnahmen machen wollte. Ich ließ ihn. Er kannte sich viel besser aus als ich, er kniete sich hin, um eine Rose zu fotografieren, drückte aber erst ab, als er den perfekten Winkel gefunden hatte. »Wenn du gut aufpasst«, bot ich an, »kannst du sie bis morgen ausleihen. Mach ruhig ein paar Fotos von der Nachbarschaft und so, dann kann ich sie zu Hause zeigen.« Jonah sah mich an, als hätte ich ihm ein Pferd geschenkt. Es stellte sich heraus, dass sein Papa auch so eine Kamera hatte und ihm immer alles genau erklärte, wenn er fotografierte – Jonah aber nie selber an die Kamera ließ.

Jonah begleitete mich nun täglich nach Hause. Natürlich war er nur an der Kamera interessiert. Er redete auch von nichts anderem, aber mir war das egal, ich hatte nun einen Verbündeten. Und an einem schönen sonnigen Herbstnachmittag saß nicht nur Jonah, es saß auch die ganze Mädchenclique auf den Stufen vor meinem Haus. Edith spendierte Limonade, und plötzlich machte es mir Spaß, herumzualbern. Yes, dachte ich. Ich hab's geschafft. Es war mein letzter Tag in England. Am nächsten Morgen ging mein Flug. Aber das war Nebensache.

## Das Verlöschen von Wachstum

Es lässt sich vermuten, dass gerade das Verlöschen des Wachstums der Vegetationspunkte, welche zu Blüten werden, das Wachstum der anderen ihnen nahestehenden mächtig fördern muss.*

DETLEFSEN, E.: Wie bildet die Pflanze Wurzel, Blatt und Blüte?
In: Das Wissen der Gegenwart – Deutsche Universalbibliothek für Gebildete,
Band 59, Freytag/Tempsky, Leipzig/Prag, 1887, S. 231

# 11. Kapitel

Toni, Mama und ich fuhren fröhlich plaudernd vom Flughafen nach Hause. Hera saß vorne zwischen meinen Beinen und hechelte mir ins Gesicht, weil sie stark roch, kurbelte ich das Fenster etwas herunter. Schon als wir unsere Dorfstraße entlangfuhren, kroch mir ein Brandgeruch in die Nase, und als wir in die Einfahrt zum Bäuerle Hof einbogen, sah ich sofort, dass die vordere Scheune fehlte.

»Tja«, sagte Mama. »Hier war was los, letzte Woche!«

Und Toni von hinten: »Weil Andy ne Zigarette hat fallen lassen.«

»Das kann man nicht mit Sicherheit sagen.«

»Hä?«, fragte ich. »Ist die Scheune abgebrannt?«

»Siehst du doch«, sagte Toni.

Sie hatte recht, man sah nur noch ein paar schwarz verkohlte Balken, und an einer Stelle stieg noch ein bisschen Rauch auf. »Das brennt ja noch!«

»Es hat tagelang gebrannt. Hat ewig gedauert, das zu löschen. Die Feuerwehrleute haben gute Arbeit geleistet.«

»Warum hast du mich nicht angerufen?«

»Hm, ich dachte …«, sagte Mama, dann schwieg sie.

»Das Feuer wäre beinahe auf euer Haus übergegangen«, sagte Toni.

»Wär auch nicht schade drum gewesen«, sagte ich.

»Mia!«, sagte Mama.

Und so fing es wieder an zwischen uns. Wobei die Stimmung um einiges besser war als vor meiner Reise. Wir bemühten uns beide. Und ich war älter geworden, Mama hatte es aufgegeben, mich zu kontrollieren.

Es gab noch weitere Neuigkeiten. Marco war, zu meiner Erleichterung, samt seinem Bauwagen nach Spanien verschwunden. Wir hatten während meiner Abwesenheit kein einziges Mal Kontakt gehabt, wie ein seltsamer Traum kam mir die Beziehung zu ihm jetzt vor.

Und – es hatte einen weiteren Toten gegeben. Jürgen. Er hatte in der oberen Wohnung gewohnt, direkt unter meinem Dachzimmer. Angeblich hatte er eine Waffensammlung besessen und nachts beim Fernsehen damit herumgespielt. Da hatte sich ein Schuss gelöst.

»Vielleicht auch absichtlich«, sagte Norbert, als wir beim Abendessen darüber redeten. »Wobei, des isch wahnsinnig schmerzhaft.«

Jürgen hatte sich in den Bauch geschossen und war langsam und qualvoll verblutet. Man fand ihn erst morgens, weil er nicht bei der Arbeit auftauchte. Er war Schreiner und hatte gerade für Mama einen Wohnzimmertisch geschreinert, den sie bei ihm bestellt hatte. Der Tisch hatte erst drei Beine, und dabei bleib es, er steht noch heute mit seinen drei Beinen im Wohnzimmer meiner Mutter, ohne zu wackeln.

Ich versuchte, mich wieder in den Alltag einzufinden. In meiner Klasse wurde ich freundlich begrüßt, aber es hatten sich neue Cliquen gebildet, zu denen ich nicht gehörte. Toni und ich waren zwar nach wie vor Verbündete, aber in der Schule hingen wir nicht miteinander herum, das hatten wir noch nie getan. Ich blieb ein »lone wolf«, wurde aber respektiert, auch zu manchen Partys eingeladen (die ich hasste), und in den Pausen saß ich oft mit Lenny an einem Schachbrett. Lenny und ich waren in der siebten Klasse mal miteinander gegangen – eine Woche; länger hatten wir es nicht ausgehalten. Aber wir mochten uns immer noch, weil wir einander intellektuell gewachsen waren. Die Diskussionen im Deutschunterricht bestritten meist wir beide, es ging zwischen uns hin und her, das machte Spaß. Er war ein guter Schachspieler, aber wenn ich mich sehr konzentrierte, konnte ich ihn schlagen. Das fuchste ihn, und er zwang mich dann in jeder Pause zum Brett, bis er wieder gesiegt hatte.

Ich trug weiterhin kurze Haare, bearbeitete meine Pickel morgens mit Abdeckstift, und überspielte die Schwierigkeiten, meinen Stil zu finden, indem ich einfach immer dieselbe weitgeschnittene pinke Latzhose trug, die ich in einer von Mamas alten Kisten gefunden hatte. Ich begann, viel Musik zu hören, alles Mögliche: The Cranberries, Die Toten Hosen oder Queen.

Ines, meine Freundin aus England, hatte sich nach Berlin abgesetzt. Wir telefonierten manchmal. Sie lud mich ein, sie zu besuchen, oder, wenn ich wollte, bei ihr einzuziehen. Sie wohnte mit anderen Leuten in einem der besetzten Häuser in Kreuzberg, ging auf Demos und brachte ein bisschen politisches Gedankengut in mein ländliches Leben. Aber noch sah ich keinen Anlass, ihrer Einladung zu folgen. Das kam erst ein Jahr später. In der Zwischenzeit ereignete sich etwas, das mein Leben komplett veränderte.

DIE NACHRICHT VON Mamas Schwangerschaft kam völlig überraschend. Ich lag auf meiner Matratze, kraulte Hera und hörte Musik. Mir fiel auf, wie hässlich meine schwarze Wand war. Gerade überlegte ich, wie ich günstig an neue Farbe kommen konnte. Da kam Mama herein.

»Mach mal die Musik aus!«, schrie sie. Dann sackte sie auf meine Matratze.

»Scheiße, Mia«, sagte sie. »Ich bin schwanger.«

»Oh, krass«, sagte ich und setzte mich auf.

»Es macht alles kaputt! Alles. Meine neue Stelle! Und die Beziehung mit Norbert ... Das ist alles noch so frisch. Er wird das nicht mittragen.«

Ich hätte Mama gern getröstet. Aber ich konnte sie nicht verstehen. Die Vorstellung, dass sie mit Norbert schlief, verursachte mir Übelkeit.

Und dann wurde mir plötzlich klar, was sie gesagt hatte. ICH WÜRDE EIN GESCHWISTERCHEN BEKOMMEN. Es würde mir seine dünnen Ärmchen entgegenstrecken und mich zahnlos anlachen. Wenn Mama arbeiten ging, würde ich es in unseren Bollerwagen packen und mit ihm und Hera die Feldwege entlang streifen oder ihm Sörensens Ferkel zeigen. Die alte Frau Jahnke von gegenüber würde ihm Süßigkeiten zustecken. An Heiligabend würde es mit speckigen Fingerchen die Geschenke aufreißen, und wir würden lachen. Wie eine richtige Familie ...

Ein unbeschreibliches Glücksgefühl überkam mich, es war, als hätte jemand meine Lieblingsmusik auf volle Lautstärke aufgedreht. Nur dass es von innen kam.

»Das wird schon«, sagte ich. »Ich kann dir ja helfen!« Da stand Mama auf und ging. Und ich räumte zum ersten Mal seit langer Zeit mein Zimmer auf. Dabei hörte ich die Ärzte: »Fick dich und deine Schwester / hast du die tätowiert / No future das war gestern / seitdem ist viel passiert.« Ich sang laut mit.

Was Mama von einer Abtreibung abgehalten hat, weiß ich nicht, darüber sprachen wir nicht. Vielleicht die Gewissensbisse oder meine überschwängliche Freude; oder weil die Schwangerschaft schon so weit fortgeschritten war. Als die erste Untersuchung ergab, dass es Zwillinge waren, erzählte ich es Toni. Wir trafen uns mit Hera und Tonis Pony, das ihr die Wildmohnfrau zum sechzehnten Geburtstag geschenkt hatte, auf unserem Hügel. Toni reagierte wie ich: »Hä, wie krass ist das denn!«, aber es sah nicht so aus, als ob sie sich freute. Vielleicht dachte sie an ihren schreienden Bruder Friedjof. Sie konnte ja nicht wissen, dass meine Geschwister anders werden würden. Das würden sie aber. Es würden quasi meine Kinder werden. Wir würden zusammen durch dick und dünn gehen. Ich machte einen kleinen Luftsprung und schlug Toni vor, die riesige Runde bis zum See zu reiten, Hera und ich würden nebenher joggen. Ich musste mich unbedingt bewegen. Toni bestieg ihr Pony, trabte schneller davon, als nötig gewesen wäre, und sah sich nicht nach mir um. Aber Hera und ich nahmen die Herausforderung an und jagten ihr hinterher.

»WAS MACHEN DIE Kleinen?«, fragte ich Mama, als ich sie in der Küche beim Gemüseschnippeln traf. Unsere Küche war winzig, man trat sich fast auf die Füße.

»Was weiß ich«, sagte sie.

»Aber was sagt denn der Arzt? Sind sie gesund?«

»Ach, warum soll ich da ständig hinrennen.« Mama hackte auf das Gemüse ein.

»Du gehst nicht zu den Kontrollterminen?«

Mama schüttete das Gemüse in die Pfanne und antwortete nicht.

In den folgenden Wochen drängte ich sie immer wieder, aber es nützte nichts. Sie stürzte sich in ihre neue Arbeit. Abends trank sie Rotwein mit Norbert.

»Ihr spinnt doch!«, sagte ich. »Das ist total schädlich für die Babys.«

»Ha, so a halbs Gläsle«, sagte Norbert.

Sie kauften auch nichts, keine Bettchen, keinen Kinderwagen, keine Teddys. Nichts. Da beschloss ich, die Sache in die Hand zu nehmen. Ich besorgte Bücher aus der Bücherei: *Das große Buch der Schwangerschaft* und *Baby: Betriebsanleitung*. Wenn ich ein süßes Bild fand, zeigte ich es Mama, in der Hoffnung, dass sie irgendwann beginnen würde, sich zu freuen. Ich fühlte, dass das wichtig war. Sie wandte sich immer müde ab. Alle paar Tage rechnete ich aus, wie groß die Babys sein mussten, machte Bleistiftzeichnungen und hängte sie an den Kühlschrank. In der zwanzigsten Woche brachte ich Mama Schokoherzen mit. Ich fand sie mit hochgelegten Füßen auf dem Sofa.

»Glückwunsch!«, sagte ich. »Du hast die Halbzeit geschafft.« Die Herzen legte ich an den Rand des Wohnzimmertisches.

»Hör endlich auf, mich ständig an diese Scheiße zu erinnern!«, fuhr sie mich an. Dann weinte sie. Norberts weiten Pulli, den sie immer zur Arbeit trug, hatte sie ausgezogen. Ihre Brüste waren schön und prall, ihr Bauch spannte unter dem T-Shirt. Da sah ich zum ersten Mal, wie sie sich bewegten. Ich konnte nicht anders. Ich legte meine Hand auf Mamas Bauch. Etwas schob sich von innen gegen meine Hand. Ein Köpfchen? Ein kleiner Po?

»Fühl doch mal!«, sagte ich zu Mama. Aber da stand sie auf.

»Freust du dich denn gar nicht?«, fragte ich.

»Ehrlich gesagt, nein«, sagte sie.

VON DA AN ließ ich sie in Ruhe. Aber ich beobachtete ihren Bauch genau. Und irgendwann beschlich mich das Gefühl, dass etwas nicht stimmte.

»Mama bitte«, sagte ich. »Kann ich mal deinen Bauch messen?« Aus einem Buch hatte ich eine Tabelle mit den Normmaßen herauskopiert. Sie ließ mich nicht. Ich fragte immer wieder. Irgendwann riss sie mir das Maßband aus der Hand und maß selber. Sie war in der achtundzwanzigsten Woche. Ihr Bauchumfang maß nur neunzig Zentimeter – statt der zu erwartenden hundertzehn – und ich konnte keine Bewegungen mehr feststellen.

Norbert schlief noch. Mit fliegenden Fingern kramte ich den Autoschlüssel aus seiner Hosentasche und fuhr Mama zum Frauenarzt. Autofahren war das einzig Nützliche, das Norbert mir beigebracht hatte. Zwar war ich bisher nur auf Feldwegen gefahren, aber wir mussten nur in die nächste Ortschaft, es war nicht weit.

»Haben Sie einen Termin?«, fragte die Sprechstundenhilfe, als wir in die Praxis kamen.

Mama schüttelte den Kopf. »Gehen wir«, flüsterte sie.

»Es ist ein Notfall!«, sagte ich.

Da kam der Arzt und sagte: »Kommen Sie.« Wir folgten ihm. Er warf einen Blick in ihre Akte. »Erst das zweite Mal hier?« Mama nickte und kletterte auf die Arztliege. Sie war zierlich und klein und trug den Bauch wie einen zu schwer beladenen Einkaufskorb vor sich her. Der Arzt drehte den Bildschirm zu uns, sodass wir alles gut sehen konnten. Dann fuhr er mit seinem Schallkopf über ihren Bauch.

»So, hier ist das eine. Streckt uns sein Hinterteil entgegen. Und hier, ganz eng daneben, das andere. Aber Moment …«

Seine Bewegungen wurden hektischer. Er stellte den Ton lauter.

»Da ist ja gar kein Herzschlag zu hören!«

Dann machte er eine lange Pause.

»Es tut mir leid, aber ich befürchte, die Früchte sind abgestorben.«

Es waren zwei Mädchen. Aber meine Liebe hatte nicht gereicht. Gott saß am längeren Hebel. Er hatte meine Freude ignoriert. Für ihn zählte nicht, dass ich heimlich die Weinflaschen ausleerte. Dass ich jede Nacht leise zu den Kindern sprach, weil ich gelesen hatte, dass eine Mutter das tun sollte – und meine es nicht tat.

Wie von ganz weit her hörte ich den Arzt noch etwas sagen: »Sofort in die Klinik!« Ich führte meine zitternde Mutter durch das Wartezimmer nach draußen, die anderen Patienten schauten uns nach.

In der Stadt zu fahren, machte mich nervös. Die vielen Verkehrsschilder verunsicherten mich. Zum Glück wusste ich, wo das Krankenhaus lag. Direkt vor dem Eingang hielt ich an und riss die Handbremse hoch.

»Du hättest die Kontrolltermine wahrnehmen sollen«, sagte ich.

»Fang jetzt nicht damit an«, sagte Mama leise.

»Stimmt doch«, sagte ich.

»Du hast mich doch ständig kontrolliert! Jetzt siehst du, wie viel das genützt hat!«, sagte Mama. Sie stieß die Tür auf und hievte sich hinaus. Und ich fuhr weg. Im Rückspiegel sah ich, wie sie dastand und mir nachschaute. Neben sich die Reisetasche, die ich ihr hätte tragen sollen. In meinem Innern wurde es plötzlich ganz, ganz still. Es war, als driftete die Außenwelt davon. Als befände ich mich auf einem Schiff, das auf die hohe See hinaussteuerte.

Wie ich die nächsten Stunden verbrachte, weiß ich nicht mehr. Irgendwann klingelte das Telefon. Es war Mama. Sie bat uns, zu kommen. Norbert stand in der Küche, briet sich irgendwas und hörte Radio. Ich stellte es aus, es störte meine Stille.

»Mama ist im Krankenhaus und will abgeholt werden«, sagte ich und legte ihm den Autoschlüssel hin.

»Was hat se agschdelld?«

»Vergiss es. Ich nehme ein Taxi«.

Als ich schon bei der Tür war, packte er mich am Arm.

»Du sagsch mir, was los isch!«

»Du warst es doch, der die Kinder töten wollte. Jetzt hat sich dein Wunsch erfüllt!«, sagte ich.

Er schlug mir mit der flachen Hand ins Gesicht. Es war nur ein lascher Patscher, aber ich fing an, zu heulen wie ein Kind.

Diesmal fuhr Norbert. Als wir an einer Tankstelle vorbeifuhren, hielt er an. Ich folgte ihm in den Tankstellenkiosk. Welche Blumen schenkt man toten Kindern? Ich entschied mich für ein Bündel weißer und blauer Astern. Farben des Himmels. Wenn auch gefärbt. Ich legte sie neben Norberts Zigaretten an die Kasse.

Als wir in ihr Zimmer kamen, erkannte ich Mama kaum wieder. Sie war ganz grau im Gesicht und noch dünner und kleiner als sonst. Ich legte die Blumen auf ihr Bett. Norbert sank auf einen Stuhl.

»Wo sind sie?«, fragte ich.

»Wer?«, fragte sie.

Ich rannte auf den Flur. Rannte erst in die eine, dann in die andere Richtung.

»Ich suche meine Schwestern!«, stieß ich hervor, als eine Ärztin vorbeikam.

»Das hier ist die gynäkologische Abteilung, nicht die Kinderstation«, sagte sie. »Nimm den Fahrstuhl in die erste Etage.«

»Meine Mutter hat gerade zwei tote Kinder geboren«, schrie ich. »Ich muss sie sehen!«

»Ach – deine Mutter war das?«, sagte die Ärztin. Sie sah mich an und hob die Augenbrauen. »Wenn der Wunsch nicht ausdrücklich vorher geäußert wird, sind wir verpflichtet, sie zu entsorgen. Um ehrlich zu sein, deine Mutter hat kein Interesse gezeigt …«

»Aber ich«, sagte ich. »Bitte …«

Da sagte sie: »Moment.« Und telefonierte.

MAN BRACHTE SIE in einer Plastiktüte. Die Schwester zog sich Handschuhe über, bevor sie sie herausnahm. Sie bot auch mir welche an, aber ich lehnte ab. Ich hielt sie lange, jede in einer Hand. Sie waren perfekt. Ihre Beinchen so lang wie mein kleiner Finger, ihre Füßchen so klein wie mein Fingernagel. Ohrmuscheln, Näschen – alles da. Achtundzwanzig Wochen gewachsen, um niemals zu hören. Niemals zu atmen.

AUF DER SCHAFWIESE hinter unserem Haus hob Norbert ein Grab aus. Als Sarg diente ein Pappkarton. Ich wickelte die kleinen Körper in ein Hemd von mir und legte sie hinein, einander zugewandt. Nur ihre winzigen, kahlen Köpfchen schauten heraus. Dann verteilte ich die blauen und weißen Astern um sie herum und schnitt aus Pappe zwei Schilder aus, die ich zu ihren Füßen legte. Salome. Amalia. Die Namen hatte ich gewählt. Noch nie hatte ich jemanden so geliebt wie sie.

Wir gingen zusammen nach draußen. Norbert schwerfällig, Mama so, als würde sie schweben. Draußen auf der Wiese konnte man nichts hören, außer dem Pfeifen des Windes und dem Blöken der Schafe, die zu uns herüberstarrten. Wir schauten noch einmal in den Karton.

»Wenigstens«, wollte ich zu meinen Schwestern sagen, »gibt es im Himmel keinen Streit. Und niemanden, der euch schlägt. Und keine Hausaufgaben. Manchmal ist es verdammt scheiße hier auf der Erde. Aber zusammen hätten wir es uns lustig gemacht ...«

Stattdessen sagte ich nur: »Schlaft gut. Schlaft tief und schön.« Meine Tränen hinterließen Flecken auf dem Stoff.

Ich spürte eine Hand auf meinem Arm und zuckte zusammen.

»Es tut mir so leid«, flüsterte Mama. Zwischen uns lag tiefes Wasser. In der Ferne blökten Nebelhörner.

»Nicht bei mir – bei ihnen musst du dich entschuldigen!«, rief ich ihr zu.

»Mia. Die Plazenta hat aufgehört zu funktionieren.« Sie fuhr sich über das Gesicht.

»Dafür gibt es keine Erklärung, hat die Ärztin gesagt.«

»Sie sind verhungert, und ihr wisst es.« Ich schloss den Deckel und ließ den kleinen Sarg ins Grab hinunter. Er war so leicht, dass ich ihn mit einer Hand halten konnte. Dann standen wir unschlüssig herum. Ich holte tief Luft. Gott, wenn es ihn gab, hatte mich fallengelassen. Aber um die Kleinen sollte er sich gefälligst kümmern.

»Vater unser«, begann ich, »der Du bist in den Himmeln ...«, weiter kam ich nicht. Der Wind rauschte durch die Baumkronen. Oder war es das Meer? Es rief mich. Wir schwiegen.

Da räusperte Norbert sich. »Geheiligd wärde Dein Name. Dein Reich komme ...« Seine Stimme klang alt und brüchig. Aber er sprach das Gebet bis zum Ende. Dann warfen wir Erde auf den Sarg und ich spielte ihnen mit meinem tragbaren CD-Player ein paar Lieder vor. Die Töne wurden vom Wind verzerrt.

DAS PACKEN GING schnell. Ich stopfte Wäsche, Zahnbürste und Äpfel in einen Rucksack. Wohin ich gehen würde, wusste ich nicht, und es spielte keine Rolle. Ich pfiff nach Hera. Dann hisste ich die Segel und verließ diesen traurigen Ort.

## Biegungsfähigkeit

Es muss auffallen, wie groß die Biegungsfähigkeit vieler Blattstiele und Stängelglieder ist. Trotz der gewaltigen Krümmungen, die ihnen bei heftigem Winde aufgenötigt werden, zeigen sie doch nachher keinerlei bemerkbare Formveränderung.*

Detlefsen, E.: Wie bildet die Pflanze Wurzel, Blatt und Blüte?
In: Das Wissen der Gegenwart – Deutsche Universalbibliothek für Gebildete,
Band 59, Freytag/Tempsky, Leipzig/Prag, 1887, S. 105

# 12. Kapitel

AUF GLEIS 13 stand ein Regionalzug mit geöffneten Türen, in den stieg ich ein, ohne auf die Anzeigentafel zu gucken. Er würde mich wegbringen von hier, das war die Hauptsache. Mehr wollte ich nicht. Hera lief geduckt neben mir her, und als ich einen Platz gefunden hatte, legte sie sich mir zu Füßen, leckte schuldbewusst meine Hand. Ich hätte sie aufmuntern sollen, ihr klarmachen, dass es nicht ihre Schuld war, aber ich hatte nicht einmal die Kraft, sie zu streicheln. Als der Zug sich quietschend in Bewegung setzte, hatte ich das Gefühl, auf einem Schiff zu sein. Ich beobachtete die Menschen wie aus weiter Ferne und hatte keinen Einfluss auf das Geschehen, auch nicht auf das, was mit mir geschah. Der Zug war voll. Diese Leute hatten alle ein Ziel, alle eine Heimat. Jeder wusste schon jetzt, wo er aussteigen würde. Ich nicht. Mir gegenüber saß eine ältere Frau, sie zuckte immer mit dem Kopf. Sie trug eine Tüte, aus der ein Steckenpferd herausragte. Sicher fuhr sie zu ihren Enkeln. Vielleicht hatte ihre Tochter gerade das dritte Kind bekommen, und sie fuhr hin, um die anderen zu hüten. Die Kleinen würden ihr auf dem Bahnsteig entgegenrennen …

»Die Fahrkarten bidde!«, rief der Schaffner. Ich hatte keine. Und als er vor mir stand, ein schwäbischer Riese, und mich streng ansah, da fing ich an zu stottern.

»Wohin auch immer …«, murmelte ich.

»Bidde?«

»Es ist mir egal, wohin wir fahren.«

»Ha wona wollet Se denn?«, donnerte er. Da fing ich an zu heulen.

»Ha, was isch jetz des«, brummte er. Dann stellte er mir eine Fahrkarte aus und schlurfte hastig weiter. Ich zerknüllte beides, den Fahrschein und den Zehn-Mark-Schein, den ich in der Hand hielt.

Ich fahre ins Nirgendwo, dachte ich noch, während ich meine Stirn an die kühle Scheibe lehnte. Das passt doch. Ich bin ein Niemand und fahre ins Nirgendwo. Dann schlief ich ein.

ALS ICH AUFWACHTE, hielten wir gerade in Leipzig und draußen wurde es dämmerig. Mein Magen knurrte. Ich spürte, wie Angst in mir hochkroch, die schnell zu Panik wurde. Wo würde ich die Nacht verbringen? Was würde ich essen? In meiner Tasche fand ich den zerknüllten Zehn-Mark-Schein und eine Fahrkarte nach Berlin. Dieser Zug fuhr nach Berlin! Womöglich könnte ich bei Ines unterschlüpfen …

Etwas weiter hinten im Zug hörte ich jemanden telefonieren. Als er fertig war, zwang ich mich, auf ihn zuzugehen. Er hatte ein zerknittertes Jackett an, und seine Haare standen in alle Richtungen. Auf den Sitzen um ihn herum hatte er Bücher und Papiere liegen, die er hin und her schob, und auf denen er mit einem Stift herumkratzte. Er erinnerte mich an irgendein Tier.

»Entschuldigen Sie«, sagte ich.

»Die Lesung ist vorbei, ich gebe keine Autogramme mehr«, knurrte er.

Ich schwieg verwirrt. Da sah er auf. Er hatte kreisrunde Brillengläser vor den Augen.

»Ich wollte nur fragen, ob ich Ihr Telefon einmal benutzen darf – ich kann auch dafür bezahlen!«

Er reichte es mir.

INES GING NICHT dran. Aber ich hinterließ eine Nachricht:

»Ich bin bald in Berlin«, sagte ich.

»Ankunft 19 Uhr 24«, knurrte der Mann.

»Ankunft 19 Uhr 24«, sagte ich. »Wenn du das hörst – kannst du mich vielleicht abholen? Ich hab nämlich kein … also, ich weiß sonst nicht, wohin.« Ich legte auf und gab dem Mann das Telefon zurück. Geld wollte er nicht.

»Sind Sie Schriftsteller?«, platzte ich heraus.

»Mhm«, sagte er und riss seinen Finger zum Mund, um daran zu kauen, ließ es aber wieder, als unsere Blicke sich trafen. Marder, dachte ich. Und sagte:

»Oh. Schön!« Er hielt kurz inne in seinen fahrigen Bewegungen, wie um über meine Worte nachzudenken, dann packte er ein Buch, öffnete es, signierte es und reichte es mir. »Schenk ich dir«, sagte er.

»Echt?«, sagte ich.

»Echt«, sagte er, und der Hauch eines Lächelns huschte über sein spitzes Gesicht. Er rückte seine Brille zurecht und kratzte weiter auf seinen Papieren herum. Ich setzte mich auf den Platz auf der anderen Seite des Ganges, kraulte Hera und starrte das Ding an, das da auf meinem Schoß lag. Auf dem Buchdeckel stand: *Raimund Karcher. Kleine Betrachtung der großen Erhabenheit des all-*

*täglichen Leidens.* Ich verstand kein Wort von dem, was drinstand. Aber die Tatsache, dass dieser Mann seine Gedanken auf Papiere kritzelte und die Worte es auf geheimnisvolle Weise von den Papieren in das Buch hineingeschafft hatten, und dass ich, ein fremdes Mädchen, nun in diesem Buch die Gedanken lesen konnte, die in diesem Mardermannkopf herumschwirrten, das faszinierte mich. Es kam mir auf unerklärliche Art viel realer und bedeutsamer vor als Essen und Trinken. Und irgendwie machte es mir Mut. Es ist seltsam, aber die Ungewissheit, in die ich hineinfuhr, und das Dunkle, das hinter mir lag, wurden plötzlich erträglicher. Man kann über diese Erlebnisse nachdenken, dachte ich. Und was man denkt, kann man auch aufschreiben. Und wenn man es aufschreibt, hat man es eingefangen, man kann es sogar auf dem Schoß halten. Dann kann es einem nichts mehr tun.

Mir fiel ein, dass ich in England Tagebuch geschrieben hatte und ich schwor mir, das nun jeden weiteren Tag meines Lebens zu tun, sollte ich diese seltsame Reise irgendwie überleben.

Die Äpfel, die ich in meinen Rucksack gepackt hatte, waren beinahe aufgebraucht. Ich gab Hera den letzten. Sie kaute drei Mal, Saft troff aus ihrem Maul, dann war der Apfel verschwunden. Nachher, dachte ich, hol ich uns Essen bei irgendeinem Supermarkt. Wie Phil. Und dann wickle ich mich in meinen Schlafsack und lege mich unter eine Brücke, und Hera passt auf. Ich hätte nach Hameln fahren sollen, dachte ich. Vielleicht wäre Phil noch da und hätte mich in sein Zelt eingeladen … Unsinn. Nach fünf Jahren? Der war sicher längst weitergezogen. Oder hatte eine andere Punkfrau getroffen und mit der ein Punkkind bekommen. Ich sah zu dem Schriftsteller hinüber. Er starrte durch seine kleine Brille hinaus in die Nacht. Vielleicht entstand in seinem Kopf gerade ein neues Buch? Mir war feierlich zumute, und auf einmal kam ich mir mit meinem Alltagsleid tatsächlich ein bisschen erhaben vor.

Als Hera und ich in Berlin aus dem Zug stiegen, wurden wir von einer Menschenwoge erfasst und die Treppen hinaufgeschleust. Ich wollte zunächst irgendeinen Supermarkt ansteuern, als mich jemand von hinten am Ärmel packte. Noch bevor ich mich umdrehte, erkannte ich Ines an ihrem Kichern.

»Mann, ihr rennt einem ja davon!«, sagte sie außer Atem. Sie sah genau so aus wie vor drei Jahren, große Rehaugen, volle, aufgesprungene Lippen, etwas vorstehende Zähne. Ich wollte sie umarmen, aber da hockte sie sich schon zu Hera auf den Boden. »Und du bist die Hera, von der ich schon so viel gehört habe?«, fragte sie, als würde sie davon ausgehen, dass Hera ihr gleich antwortete. Sie hatte sogar etwas in ihrer Tasche, was sie Hera zu fressen gab. Hera schwänzelte um Ines herum.

Aus irgendeinem Grund sagte ich: »Hera hat eine empfindliche Verdauung. Es kann sehr gefährlich sein, wenn sie was isst, was sie nicht verträgt.«

Es wirkte. Ines richtete sich auf und fragte besorgt: »Was kriegt Hera denn, wenn sie was Falsches isst?«

»Krämpfe.«

»Scheiße! Oh Mann ...«

Da tat es mir leid. »Wird schon okay sein«, murmelte ich. »Die gehen auch wieder vorbei. Was ist, zeigst du mir Kreuzberg?«

Ines wohnte in einem der besetzten Häuser in der Oranienstraße. Ihr Zimmer war halb zerfallen, eine Wand praktisch zerstört. Die Ecke, die bewohnbar war, war spärlich eingerichtet. Eine Matratze lag auf dem Boden, als Regal dienten übereinandergestapelte Kisten. An der Wand stand eine krumme Palme, daneben rollte ich meine Isomatte aus. Dann musste ich erst mal dringend aufs Klo. Es gab nur eins, im Treppenhaus. Die Tür, von der der Schlüssel fehlte, war vollgekritzelt mit allen möglichen Sprüchen – wie übrigens jede Wand in diesem Haus. Schrecklich war, dass das Klo keine Spülung besaß. Man musste mit einem Becher aus einem winzigen Waschbecken Wasser sammeln und über seine Angelegenheit gießen.

Zum Abendessen gab es Camembert. Davon hatte jemand gerade eine ganze Kiste als Spende von Aldi bekommen. Ines wälzte den Käse in Mehl und dann briet sie ihn. Als Besteck gab es nur ein Messer, mit dem zerschnitt Ines den Käse und dann aßen wir mit den Händen aus der Pfanne. Es war eigentlich ganz lecker.

»Kann Hera auch einen?«, fragte Ines.

»Hm, also Fleisch wäre besser.«

»Ich bin doch Veggie. Aber warte, ich frag mal die anderen.«

Ines verschwand. Die Türen zum Treppenhaus hin waren ausgehängt, so hatte man freien Zugang zu allen Wohnungen. Wenige Minuten später brachte Ines tatsächlich eine Packung mit eingeschweißtem Steak mit.

»Abgelaufen«, sagte sie. »Aber Chrissy sagt, man riecht das, wenn es schlecht ist.«

Wir öffneten die Packung und es stank.

»Ich frag lieber noch mal Chrissy«, sagte Ines und ging ihn holen. Chrissy war groß und leise und lieb und küsste Ines ständig auf den Kopf.

»Das ist schon noch gut«, sagte er. »Außerdem spüren Hunde normalerweise, wenn Fleisch verdorben ist.«

Ines ließ Hera das Fleisch direkt aus der Packung fressen, und dann küsste sie sie auf den Kopf. Ich kam mir überflüssig vor. Chrissy war auch nicht sehr gesprächig.

»Na, ich geh noch mal rüber, ich schreib morgen eine Klausur«, nuschelte er irgendwann und verschwand.

»Er studiert«, sagte Ines düster. »Psychologie. Dabei sind diese ganzen Studis so arrogant. Die denken, nur weil sie in diesem System mitmachen, sind sie was Besseres. Also Chrissy natürlich nicht. Der studiert das, weil … naja, der hatte echt ne krasse Kindheit. Seine Mutter hat sich umgebracht, als er noch ein Kind war … ich glaube, er versucht das zu verarbeiten.« Ines lag jetzt auf dem Boden neben Hera und kraulte sie.

»Ich kann gern Nachtwache für Hera schieben«, bot sie an. Ich räumte die Pfanne in die Ecke, die mal eine Küche war, und kroch in meinen Schlafsack.

»Gehst du eigentlich noch in die Schule?«, fragte ich sie.

»Nö! Die hab ich in der Elften geschmissen. Du etwa?«

»Na ja, jetzt gerade nicht«, murmelte ich. Ich hätte Hera gerne neben mir gehabt, aber Ines hatte ihren Arm um sie geschlungen. Also drehte ich mich zur Wand. Ich muss sofort eingeschlafen sein.

Ich erwachte von einem Klackern. Es waren Heras Krallen. Sie tapste unruhig in der Wohnung umher, wahrscheinlich musste sie mal. Sonnenlicht flutete durchs Fenster und entblößte die Hässlichkeit dieses Ortes: schmutzige Tapetenfetzen an der Wand, Spinnweben, Staub. Ines schlief noch tief und fest auf ihrer Matratze, ihre braunen Locken hatten sich über das Kissen verteilt. Ich schälte mich aus meinem Schlafsack – meine Klamotten hatte ich angelassen – und schlich mit Hera hinaus.

Es war ein frischer, wunderbarer Herbstmorgen, der uns da begrüßte, als wir auf die Straße traten. Endlich konnte ich mich bei Tageslicht umsehen. Die Häuser befanden sich in unterschiedlichen Verfallsstadien. Manche waren halb abgerissen oder zusammengebrochen. Andere waren intakt und besaßen noch alte Café- und Ladenschilder, aber nichts war mehr

in Betrieb. Türen hingen schief in den Angeln, viele Fenster waren mit Brettern verrammelt, die Fassaden mit Graffiti besprüht. An manchen Wänden flatterten schmutzige Transparente: Wir bleiben drin! Und: Freiraum verteidigen! Staunend schlenderte ich mit Hera durch die Straße. Ein Junge mit blauen Haaren kam auf mich zu geschlurft. »Haste mal Feuer?«, fragte er und hielt mir seine Zigarette hin. »Oh! Nee, tut mir leid«, sagte ich.

»Tut mir leid«, äffte er mich nach und zog weiter. Ich kam mir vor wie ein Landei. War ich ja auch.

Mit dem Rauchen hatte ich aufgehört, sobald ich mich von Marco getrennt hatte, weil der Geruch mich immer an ihn erinnerte. Kurz überlegte ich, mir jetzt irgendwo Tabak zu besorgen, so würde ich vielleicht besser hier in die Szene passen. Aber schon bei dem Gedanken an eine Zigarette ging es los: Da war Marco, neben mir auf der Bauwagentreppe, wie er mir übers Bein strich. Die Pickel zwischen seinen Bartstoppeln, sein Zigarettenatem in meinem Gesicht. Seine Zunge, wie eine Schnecke in meinem Mund ... Nein, Tabak würde ich nicht kaufen. Ich schlenderte weiter und bog in eine Seitenstraße ab, die weniger heruntergekommen wirkte, hier war auch ein kleiner Park, wo Hera endlich pieseln konnte. Es gab einige Läden, und nach einer Weile fand ich mich zu meinem Glück vor einer kleinen Buchhandlung wieder. Sie war so winzig, dass selbst die Fenster mit Büchern zugestapelt waren und man den Verkäufer gar nicht sehen konnte. Ein Glöckchen klingelte, als ich durch die niedrige Tür trat. Hera stieß, heftig wedelnd, einen Bücherstapel um.

»Entschuldigung«, sagte ich und sammelte die Bücher wieder ein.

»Wat willste?«, fragte der Verkäufer von irgendwoher, ohne hervorzukommen.

»Ich wollte nur fragen, ob Sie auch Tagebücher verkaufen. Also, Notizblöcke gehen auch.«

»Ja wat denn nu. Tajebuch oder Notizblock.«

»Tagebuch!«

Ein Stuhl wurde gerückt, der Verkäufer schnaufte, und dann kam er zum Vorschein: ein dicker kleiner Herr mit Vollglatze. Geschickt schlängelte er sich durch die Gänge und bückte sich dann zu einer Schublade hinunter. Ein Griff, und er hatte, was er suchte. Er reichte es mir. Ein Buch, in grob geschnittenes Leder gebunden und mit einem Band umwickelt. Vorsichtig nahm ich es entgegen und strich über die glatte Haut.

Ines erzählte ich später nichts von meinem Kauf. Sie hätte das sicher für rausgeschmissenes Geld gehalten. Als sie mittags endlich aufstand, hatte ich schon einiges in mein Tagebuch geschrieben und steckte es nun tief in meinen Rucksack hinein.

»Woah, wir müssen frühstücken!«, sagte Ines.

»Es gibt Brötchen«, sagte ich. Deine Freunde haben hier vorhin ne Kiste reingestellt.«

Ines streckte sich und tapste barfuß zu der Bananenkiste, die neben der Tür stand. Sie wühlte darin herum wie ein Waschbär und biss dann einfach so in ein Brötchen rein. »Bedien dich«, sagte sie. »Oder hast du schon?«

»Nee«, murmelte ich. Ich hatte erwartet, dass wir zusammen essen würden. Aber warum auch. Ich hockte mich neben sie und suchte mir ebenfalls etwas aus der Kiste aus.

»Scheiße, heute bin ich dran mit Aldi«, sagte Ines. »Kommst du später mit? Da muss man pünktlich um sechs Uhr aufkreuzen, sonst ist schon alles in der Tonne.«

Bevor wir loszogen, zeigte Ines mir noch den Rest des Hauses, damit ich mir ein Zimmer aussuchen konnte. Es waren insgesamt fünf Stockwerke, mit je zwei Wohnungen. Allerdings war die eine Seite des Hauses ziemlich baufällig, weil das direkt angrenzende Nachbarhaus schon abgerissen worden war. Die Wohnungen auf der intakten Seite waren alle belegt, aber es gab noch freie Zimmer. Eines hatte sogar ein Bett, wenn auch ohne Matratze. Am schönsten fand ich ein Zimmer ganz oben, das eine Dachschräge hatte, von dort konnte man auf den Hinterhof und die ganze Häuserlandschaft mit ihren Balkons und Gärten hinausblicken. Die anderen Zimmer der Wohnung sahen eindeutig besetzt aus, wenn auch niemand zu Hause war. Es lagen dort Schlafsäcke, Klamotten und jede Menge Müll herum.

»Ich weiß ja gar nicht, ob die mich in ihrer WG haben wollen und was das für Leute sind«, sagte ich.

Ines zuckte die Achseln. »Jens und Mücke sind das, zwei Jungs. Die sind eigentlich ganz okay, außer wenn sie besoffen sind. Hey, ich hab die ewig nicht gesehen, vielleicht kommen die auch gar nicht wieder«, sagte sie.

»Ja, aber was, wenn doch, und dann liegt da jemand in ihrer Wohnung …«

»So läuft das hier nicht. Das ist nicht ihre Wohnung. Alles gehört allen, verstehst du?«

Ich nickte nur.

Später machten wir uns auf den Weg zu Aldi, wobei wir nicht weit kamen. Ines hörte ein Fiepsen und war überzeugt, dass irgendwo ein verletzter Vogel lag. Wir kletterten über bröckelnde Fassaden und schauten in Hauseingänge, konnten aber nichts finden. Ines war todunglücklich. »Der liegt jetzt da und leidet«, sagte sie.

»Es ist gleich sechs«, bemerkte ich. Da sah sie mich an, als hätte ich dem Vogel gerade den Hals umgedreht. Zu entsetzt, um etwas zu antworten, drehte sie sich um und stieg noch einmal über das Geröll der Abrissstelle. Ich blieb mit Hera zurück und setzte mich auf die Bordsteinkante.

»Sorry«, sagte ich zu ihr. »Ich glaube, das wird nichts mit nem Steak heute Abend.«

Irgendwann kam Ines wieder und wir gingen wortlos zurück in die Oranienstraße. Ich schleppte meinen Rucksack hoch in den fünften Stock, Hera hechelte mir hinterher. Ines verschwand bei Chrissy. Ich sammelte die Flaschen, die in meinem neuen Zimmer herumlagen, und stellte sie in eine Ecke. Ein Besen wäre praktisch gewesen, denn der Boden war völlig versifft. Weil ich keinen hatte, breitete ich ein paar alte Zeitungen aus und legte meine Isomatte darauf. Wo war Hera jetzt? Ich pfiff einmal kurz, da kam sie aus der verdreckten Küche heraus. »Armes Mädchen, du hast Hunger«, sagte ich und fütterte sie mit einem alten Brötchen. In Wahrheit vertrug Hera absolut alles. Ines hatte mich eifersüchtig gemacht, das wurde mir jetzt klar. Die Vorstellung, dass meine Hera Ines mehr mögen könnte als mich, war völlig unerträglich. Ich hockte mich an das niedrige Fenster, kraulte Hera und starrte auf die Häuserlandschaft, die sich vor mir ausbreitete. Der Himmel war rosa gefärbt, es wurde dämmerig, und in vielen Fenstern gingen Lichter an. Irgendwann holte ich mein Tagebuch hervor, öffnete es und schrieb: »Jetzt hab ich ein Zimmer, aber was soll ich hier?«

Ines und Chrissy kamen durchs Treppenhaus, ich hörte sie streiten. Als sie bei mir im Zimmer standen, schwiegen sie. Chrissy sagte: »Da hast du dir aber ein schönes Zimmer ausgesucht. Gefällt mir.« Ines kniete sich vor Hera auf den Boden und ließ sie ihr Gesicht ablecken. Wir sahen ihr dabei zu.

»Wollten wir nicht noch ins Reloaded gehen?«, fragte Chrissy.

»Aber was machen wir so lange mit Hera?«

»Die kann auch ein paar Stunden allein bleiben«, sagte ich. »Das macht sie zu Hause auch immer.« Zu Hause. Ich biss mir auf die Lippe.

Ines sagte: »Oder wir wechseln uns ab. Jeder bleibt eine Stunde bei Hera.«

»Ach jetzt hör aber mal auf«, sagte Chrissy. »Hera ist ein Tier, kein Baby.«

»Und wo bitte ist der Unterschied?«, fauchte Ines.

»Also«, sagte ich, »Hera schläft um diese Zeit eigentlich eh immer. Du kannst ja morgen früh mit ihr …«

»Es geht doch nicht um mich!«

Chrissy lächelte mir zu und küsste Ines auf den Kopf. »Let's go«, sagte er.

DAS RELOADED BEFAND sich im Keller eines besetzten Hauses, einige Straßen weiter. Der Eingang war ein Fenster. Die Musik war wahnsinnig laut, aber mir war es recht, so musste ich gar nicht erst versuchen, etwas zu sagen. Ines und Chrissy begrüßten Leute, ich stand herum. Später folgte ich ihnen zum Kicker und sah zu. Dann holte ich mir ein Bier an der Theke und hielt mich daran noch eine Weile fest. Als ich sicher war, dass Ines und Chrissy mich vergessen hatten, machte ich mich davon.

ICH NAHM MIR vor: Wenn beim dritten Klingeln niemand abnimmt, leg ich auf. Es war zwei Uhr nachts. Toni nahm schon nach dem ersten Klingeln ab.

»Wo bist du?«, fragte sie.

»Berlin.«

»Hä, wieso das denn.«

»So halt.« Wir schwiegen. Ich blätterte in den verwelkten Gelben Seiten herum.

»Und wie isses?«

»Scheiße.«

»Warum kommst du nicht nach Hause?«

»Ich geh nie wieder auf den Hof. Das hab ich mir geschworen.«

»Aber dann komm einfach zu …«, begann Toni, dann war das Geld weg. Ich blieb noch eine Weile in der Zelle stehen und starrte in die Nacht.

Natürlich wusste ich, dass ich immer bei der Wildmohnfrau unterschlüpfen konnte. Das wäre die einfachste Lösung gewesen. Aber es war zu nah dran. Zu nah an dem Schmerz, den ich nie wieder fühlen wollte.

ALSO BLIEB ICH in Berlin. Zwar war Ines nicht mehr so wie früher, das hatte ich gleich gemerkt. Sie war zickig geworden. Aber ab und zu hatte sie gute Laune, und dann war es echt lustig mit ihr. Wenn sie auf Demos ging oder Spraykurse machte, blieb ich in meinem Zimmer, schmökerte in *Kleine Betrachtung der großen Erhabenheit des alltäglichen Leidens*, schrieb Tagebuch oder ging in die kleine Buchhandlung. Manchmal ging ich auch mit ins Reloaded. Aber es war klar, dass ich nicht dazugehörte. Einmal sagte Ines zu mir: »Du musst dich anders anziehen. Der Schal zum Beispiel, hey, der geht überhaupt nicht.«

»Was ist denn damit?«, fragte ich. Meinen weißen Wollschal liebte ich, er war das einzige Erbstück meiner Oma.

»Der ist zu ... elegant irgendwie«, sagte Ines. Sie trug nur Kapuzenpullis. Ich hatte keinen und mochte das auch nicht, dieses Gebaumel auf dem Rücken. Störrisch schwiegen wir uns an.

Später, als ich mit Hera spazieren ging, stieß ich auf einen Flohmarkt. Diese Märkte fand ich interessant, ich sah mir gern die skurrilen Dinge an, die manche Leute verkauften. In den Klamotten stöberte ich ein bisschen herum und fand einen Kapuzenpulli.

»Wie viel kostet der?«

»Fünf Mark.«

»Würden Sie den auch etwas günstiger machen?«

»Wat? Na, jib mir vier.«

Vier Mark waren immer noch sehr viel Geld für mich. Ich zögerte. Aber dann kaufte ich ihn doch.

Abends zog ich den Pulli an. Einmal dazugehören, dachte ich. Aber Ines zwang mich, ihn wieder auszuziehen. »So geh ich nicht mit dir ins Reloaded«, sagte sie. »Der stinkt!«

Es stimmte, der Pulli war stark parfümiert. Wahrscheinlich hatte die Verkäuferin ihn, statt zu waschen, einfach eingesprüht. Also ließ ich ihn in meinem Zimmer. Hera schnüffelte noch einmal daran, dann nieste sie und verzog sich. Und ich trottete Ines hinterher.

OBWOHL TONI UND ich in den letzten Monaten kaum Kontakt gehabt hatten, fühlte ich mich ihr in dieser Zeit näher als je zuvor. Ich wusste, sie wartete auf mich. Und ich wusste noch etwas – sie glaubte an mich. Einmal, als wir mit Klassenkameraden über Zukunftspläne philosophiert hatten, hatte sie gesagt: »Mia wird mal ein Buch schreiben.« Lenny hatte einen Lachschnaufer losgelassen. Aber Toni war ernst geblieben, beinahe mürrisch. In letzter Zeit musste ich oft an diesen Satz denken. Wie war Toni darauf gekommen? Und als ich sie bald wieder anrief, nur um ihr zu sagen, dass es mir gutginge, beziehungsweise schlecht, da sagte sie:

»Herr Nachtigall hat nach dir gefragt.«

»Was wollte er?«

»Nix. Er hat nur gefragt, ob ich was von dir wüsste. Und dass es echt schade ist, dass du so kurz vor der Jahresarbeit abgesprungen bist.«

»Tja«, sagte ich.

Ich hatte nicht vor, wegen einer Schularbeit zurück nach Stuttgart zu fahren. Trotzdem ertappte ich mich dabei, wie ich in der kleinen Buchhandlung verschiedene Themen untersuchte, die sich für so ein Projekt eignen würden. Irgendwie landete ich immer wieder bei der Kategorie Philosophie. Oft blätterte ich in den Dialogen von Platon, bis der Verkäufer sich räusperte, und ich verstand, dass es Zeit war, zu gehen.

»Eigentlich«, schrieb ich an einem Abend in mein Tagebuch, »suche ich nach dem Sinn des Lebens. Ich will es wissen. Das muss ja wohl möglich sein.«

Es war mir wahnsinnig peinlich, aber ich zwang mich irgendwann, den kleinen dicken Herrn im Bücherladen danach zu fragen. Es dauerte eine Weile, bis er reagierte. »Das kommt drauf an«, tönte es schließlich hinter den Bücherstapeln hervor, »von welcher Seite du diese Frage untersuchen willst. Aus der Theorie oder aus der Praxis?«

»Praxis«, sagte ich, obwohl ich keine Ahnung hatte, was der Unterschied war. Da kam der kleine Mann hervor und leitete mich zum Regal der Naturwissenschaften.

»Ich bin ganz deiner Meinung«, sagte er. »Man muss sich diese Frage anhand eines konkreten Beispiels stellen.« Er zog einige Bücher halb heraus, ächzte, schob sie wieder zurück.

»Das hier zum Beispiel«, sagte er endlich und reichte mir ein in einen violetten Umschlag eingebundenes Buch. Darauf stand: *Pflanze und Kosmos*.

»Danke«, murmelte ich und blätterte eine Weile in dem Buch herum. Es ging um Planeten und Pflanzenwachstum. Er muss mich missverstanden haben, dachte ich, stellte das Buch wieder ins Regal und schlich mich aus dem Laden.

AN DIESEM ABEND saß ich unten bei Ines und Chrissy, es waren auch ein paar andere Leute da. Jemand hatte eine Kiste Bier mitgebracht und es wurde gelacht und diskutiert. Irgendwann kam das Gespräch auf Gentechnik. Ines machte sich Sorgen, welche Auswirkungen sie auf die Gesundheit der Menschen haben würde. »Gentechnik ist vor allem eines: kriminell!«, sagte ein dicker blasser Junge, den alle Kloß nannten. Er fuchtelte mit der Hand herum, in der er seine Bierflasche hielt. »Monsanto monopolisiert das ganze Saatgut. Sie manipulieren es so, wie es ihnen passt, diese Wichser. Die zwingen die Bauern, Saatgut zu kaufen, weil sie es nicht selber vermehren können. Scheiße, das ist das Schlimmste an der Geschichte.« Er nahm einen langen Schluck.

Auf einmal war ich ganz aufgeregt, weil mir ein Gedanke kam. »Also«, hörte ich mich sagen, »das ist nicht mal das Schlimmste. Das Schlimmste ist, dass sie es überhaupt tun!«

Kurz war es still, dann redete Kloß weiter, als hätte ich nichts gesagt.

Ich merkte, wie ich rot wurde vor Scham. Was für ein hirnloser Satz: dass sie es überhaupt tun. Den Rest des Abends schwieg ich, aber als ich spät nachts zu Hera auf meine Isomatte kroch, knipste ich die Taschenlampe an und schrieb in mein Tagebuch: »Das Schlimmste an Gentechnik ist, dass die Menschen Gott spielen. Sie verändern die Gesetze des Lebens. Dabei haben sie keine Ahnung davon.«

Und dann verstand ich auf einmal, warum mir der kleine Buchhändler das Buch empfohlen hatte.


»HEUTE WAR DER Abgabetermin für die Projektthemen«, sagte Toni, als ich sie ein paar Tage später anrief.

»Echt?«, sagte ich. »Was ist noch mal deins?«

»Standard-Tanz. Die Geschichte und Entwicklung und so.«

»Ach ja, stimmt.« Ich sah Toni vor mir, wie sie bei der Präsentation die Tanzschritte vormachen würde. Sie hatte wunderschöne Füße. Keine Plattfüße wie ich. Sie war schon immer ein Mensch gewesen, der andere Menschen durch ihre Bewegungen verzaubert hatte.

»Hey, gib mir mal die Nummer von Herrn Nachtigall«, sagte ich und hatte plötzlich Panik, dass das Geld nicht reichen würde. »Schnell!« Ich schmiss meinen letzten Groschen ein. Toni sagte: »Hä, wieso, okay warte, ich muss erst das Heft suchen …«

Da rief ich: »Ruf du ihn an! Mein Geld ist gleich weg. Sag ihm, ich mach meine Jahresarbeit über Gentechnik!«

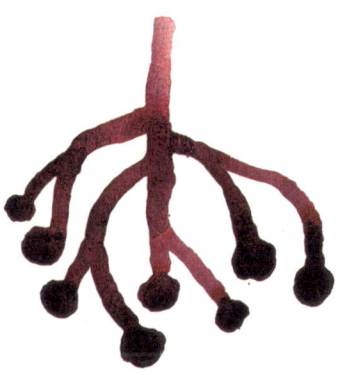

## Wechselwirkung

Wenn sich der Spross entwickelt, wenn
an ihm ein Blatt nach dem anderen entsteht
und sich schließlich die Blüten bilden,
so geht diese ganze Entwicklung wesentlich
von der Umgebung aus.*

KRANICH, E. M.: Pflanze und Kosmos,
Verlag Freies Geistesleben, Stuttgart, 1997, S. 30

141

# 13. Kapitel

Im Zug nach Stuttgart lag Hera auf meinen Füßen und *Pflanze und Kosmos* auf meinem Schoß. Mama hatte ich in dieser ganzen Zeit kein einziges Mal angerufen, aber sicher hatte Toni ihr Bescheid gesagt. Hoffentlich würde sie nicht zum Bahnhof kommen. Immer wieder drängten sich Bilder in meinen Kopf, Mama, wie sie über das kleine Grab hinweg die Hand nach mir ausstreckte. Der kleine Karton in der Erde. Meine harten Worte: Sie sind verhungert! Und ihr wisst es … Ines hatte ich nichts von meinen Schwestern erzählt. Ich hatte dieses Erlebnis auf dem Weg nach Berlin in die hinterste Ecke meiner Seele gedrängt und gehofft, es würde dort bleiben. Aber jetzt, auf dem Weg nach Stuttgart, kroch es wieder hervor. Mit aller Kraft versuchte ich, mich auf den Inhalt von *Pflanze und Kosmos* zu konzentrieren.

Mama war nicht am Bahnhof, nur Toni stand am Ende des Bahnsteigs, sie trug ein weinrotes Röckchen, das flatterte, als sie auf mich zukam. Ungelenk fielen wir uns in die Arme. Hera tanzte und japste, sie konnte ihre Gefühle besser ausdrücken. Wir liefen gemeinsam zur S-Bahn hinunter.

Friedjof öffnete uns die Tür, und er war kaum wiederzuerkennen. Er war so groß wie ich und grinste wie Harri, verschmitzt, mit einem ironischen Zug um den Mund. Er war zwölf, wirkte aber wie fünfzehn. Die Wildmohnfrau sah noch aus wie früher, nur etwas verwelkter. Sie trug noch immer ihre Silberreifen, die rasselten, als sie mich umarmte.

Am Tisch in der Küche saß eine Frau. Es war nicht meine Mutter, sie sah aber genau so aus. Sie sprang auf, als ich hereinkam, bremste sich aber und blieb stehen. Sie strahlte. Das Verhuschte, Sorgenvolle, das so typisch Mama gewesen war, existierte nicht mehr. Sie nahm mich ganz zart in den Arm, und am Tisch plapperte sie über alles Mögliche und lachte viel. Alle behandelten mich, als wäre ich in zerbrechliche Eierschalen verpackt, selbst Harri, dem die Wildmohnfrau auftrug, das Essen auf den Tisch zu bringen, stellte meinen Teller ganz vorsichtig vor mir ab, als könnte mich ein zu lautes Geräusch verschrecken. Es war nicht auszuhalten. Deshalb ging ich sofort nach dem Essen mit Hera und Toni spazieren und hörte mir dankbar die langweiligen Schulneuigkeiten an. Laub raschelte um unsere Füße und es roch auf diese angenehme Art modrig-feucht.

IN DIESEM HERBST traf ich meinen Meister. Das heißt, ich kannte ihn ja schon, nur hatte ich nie gewusst, dass ich es mit meinem Meister zu tun hatte. Als Toni und ich am nächsten Morgen in die Schule gingen, trafen wir ihn auf dem Flur: Er hieß Dr. Fintelmann und war unser Bio- und Chemielehrer. Klein, schmächtig, grau und dünn. Die Schüler machten in seinem Unterricht, was sie wollten, und in den Klausuren schrieben wir öffentlich von unseren Spickzetteln ab. Ich hatte Herrn Fintelmann nie große Bedeutung beigemessen, warum auch. Als wir uns an diesem Morgen im Flur trafen, da sagte er zu mir: »Schön, dass Sie wieder da sind, Mia«, und gab mir die Hand. Ich nuschelte irgendetwas und wollte weitergehen. Da sagte er noch: »Ich habe gehört, dass Sie das Thema Gentechnik als Jahresarbeit gewählt haben. Wenn Sie noch einen Mentor suchen – ich wäre gern dazu bereit.«

Ich nickte und wandte mich schnell ab. Dass man einen Mentor brauchte, wusste ich zwar, hatte aber noch keine Zeit gehabt, mich darum zu kümmern. Herr Fintelmann war der Letzte, den ich mir gewählt hätte. Biologie hatte ich immer gehasst. Aber als Herr Nachtigall, unser Klassenbetreuer, mir noch am selben Tag ein Formular vorlegte, auf dem ich Thema und Betreuer und alles Weitere eintragen sollte, schrieb ich notgedrungen in das noch freie Feld: »Dr. Fintelmann.«

WIR TRAFEN UNS im Chemie-Raum. Die Tür war aufgeschlossen, also musste er da sein, sehen konnte ich ihn aber nicht. Aus dem Labor drangen Geräusche, und dort kam er schließlich heraus. »Ah, Mia, Sie sind da. Tut mir leid, ich musste mich noch um das Kristallisationsexperiment der zehnten Klasse kümmern. Wir haben Kristalle gezüchtet. Wollen Sie einen sehen?«

»Joa ...« Ich gähnte.

Er verschwand noch mal im Labor, und als er wieder erschien, streckte er mir seine Hand entgegen. Darauf lag ein feucht glitzernder leuchtend blauer Kristall.

»Oh wow! Der ist total schön.«

Er strahlte. »Ja, nicht? Die blaue Farbe kommt durch das Kupfersulfat.« Liebevoll sah er auf das Gebilde in seiner Hand, dann trug er es vorsichtig zurück.

»Mögen Sie Chemie?«, fragte er mich.

»Ähm ... also mein Lieblingsfach war es bisher nicht, aber die Versuche sind schon immer spannend.«

Er kicherte und nickte. »Ja, ja. Ich sage Ihnen, man unterschätzt die Chemie. Wenn man die Prozesse genau beobachtet, entschlüsseln sich einem tiefe Menschheitsfragen. Aber gut. Wir wollten über Gentechnik sprechen. Erzählen Sie mal. Wie sind Sie darauf gekommen?« Er zog zwei Stühle für uns heran.

Ich räusperte mich. Es war eigentlich eine recht intime Frage. Aber weil er so unscheinbar und krumm vor mir saß, wagte ich es und erzählte ihm alles. Am Anfang war es ein wirres Gestammel. Aber dann fing ich mich und am Ende schloss ich meine Erzählung mit folgendem Satz:

»Ich finde einfach, dass Gentechnik nicht stattfinden darf, aber es reicht nicht, dass ich das finde, ich will es beweisen, und es gibt nur einen Weg: Ich muss zeigen, dass es eine höhere Ordnung gibt.«

Mein Gesicht glühte, ich war außer Atem. Herr Fintelmann saß mit übereinandergeschlagenen Beinen da, zusammengesunken, das Kinn auf seine Handknöchel gestützt. Er schwieg. Scheiße, Thema verfehlt, dachte ich. Aber dann sah er auf und sagte: »Ausgezeichnet. Großartig! Sie haben keine Ahnung, was das für eine Bedeutung haben könnte, wenn es gelingt. Ich hätte folgende Idee: Wir könnten Pflanzensäfte kristallisieren lassen, von gentechnisch veränderten und von normalen Tomatenpflanzen. Das geht mit Kupferchlorid. Man könnte die Ergebnisse dann auswerten und vergleichen. Oder Sie gehen das Ganze von einer ethischen Seite an. Sie könnten zum Beispiel einen Eingriff mittels Genmanipulation einmal von Anfang bis Ende durchspielen, mit allen möglichen Konsequenzen, die sich daraus ergeben. Das erfordert etwas Grundlagenarbeit. Hören Sie. Ich gebe Ihnen ein Buch mit, mal sehen, ob Sie das anspricht. Dann reden wir weiter.« Er verschwand wieder in seinem Labor. Offensichtlich hatte er dort alles Mögliche gebunkert, auch seine wichtigen Bücher. Als er wieder herauskam, reichte er mir ein Buch mit einem violetten Umschlag. Ich starrte es an.

»Das kenne ich! Das hab ich mir vor Kurzem selber gekauft!«

Herr Fintelmann schien das witzig zu finden. Er kicherte, und ohne ein weiteres Wort darüber zu verlieren, legte er das Buch beiseite. »Dann denken Sie doch über meine beiden Vorschläge nach. Morgen reden wir weiter und entwerfen einen Fahrplan.«

»Hört sich gut an …«

»Ja. Ich freue mich auf unsere Zusammenarbeit!«

»Ich mich auch«, sagte ich, und es stimmte.

Mir war schnell klar, dass ich das Thema ethisch erforschen wollte. Wir trafen uns nun wöchentlich, und die Gespräche mit Dr. Fintelmann waren wie Fenster in eine neue Welt.

Ich sah ein, dass ich zunächst die Frage klären musste: Wie funktioniert Gentechnik eigentlich genau? Was sind ihre Methoden? Letztendlich lagen also doch die verhassten Biologiebücher auf meinem Schreibtisch. Welche Überwindung es mich kostete, sie zu öffnen! Zellen, Gene, Moleküle … Ich musste meine Fluchtinstinkte gewaltsam unterdrücken. Aber sobald ich mich darauf einließ, fühlte es sich gut an. Was ich verstand, schrieb ich auf.

Mehr Freude bereiteten mir konkrete Pflanzenbetrachtungen: Ich legte zum Beispiel eine Tulpe vor mich hin und versuchte, die im Biologieheft beschriebenen Teile der Blüte zu identifizieren. Dafür schnitt ich die Blüte mit unserem Küchenmesser vorsichtig längs oder quer durch. Zwar kam ich mir etwas grausam dabei vor, aber als ich dann tatsächlich Stempel, Staubgefäße und sogar einen Vegetationskegel erkannte, wusste ich, dass es richtig gewesen war. Ich wollte meine Forschung so weit wie möglich auf eigenen Erfahrungen aufbauen.

Als ich wieder einmal in meinem violetten Buch stöberte, hatte ich ein Aha-Erlebnis. Das Buch enthielt lauter feine kleine Zeichnungen, anhand derer gezeigt wurde, welche Bewegungen die Planeten um die Sonne machten. Die Parallelen, welche diese Formen zu bestimmten Blüten zeigten, waren frappierend. Verfolgte man beispielsweise die Bewegungen des Merkurs, erkannte man Sechserschleifen, die der Form einer Tulpenblüte glichen. Ich bekam Gänsehaut. Das waren sie, die Beweise, dass es eine höhere Ordnung gab. Wie unwissend wir waren. Und in was für riesigen Zusammenhängen wir uns doch bewegten!

HERA UND ICH gingen wieder viel spazieren in dieser Zeit. Sie war langsam geworden, möglicherweise hatte sie Arthrose in ihren alten Knochen. Manchmal musste ich stehenbleiben und auf sie warten. Dann inspizierte ich die Blumen am Wegesrand, versuchte, sie Pflanzenfamilien und Planeten zuzuordnen.

Ab und zu grub ich eine Pflanze aus, trug sie nach Hause auf meinen Schreibtisch und zeichnete sie ab, am liebsten mit Wurzel, Knolle, Blättern und Blüten. Das war wie eine Mini-Meditation, ich konnte mich dann ganz auf die Formen der jeweiligen Pflanze einlassen und hatte das Gefühl, ihren ganz eigenen Gesetzen näherzukommen.

Mein Schreibtisch war voller Erdkrümel, Notizen und Bücherstapel. Nach außen hin sah es wohl wie ein heilloses Durcheinander aus. Ich aber war einem Geheimnis auf der Spur. Es war nicht leicht, diesen Prozess zu beschreiben. Ich rang um jedes Wort. Letztendlich zog ich meine Schlussfolgerung: Jedes Lebewesen ist ein Mikrokosmos, der präzise die Gesetze eines riesigen Makrokosmos' widerspiegelt, und es ist nicht unser Recht, hier willkürlich einzugreifen.

Als ich Dr. Fintelmann mein Manuskript zu lesen gab, schüttelte er den Kopf und sagte: »Sie schreiben nicht zum ersten Mal.«

Wir gingen es Kapitel für Kapitel durch. Hier und da hatte er Änderungsvorschläge, aber im Großen und Ganzen blieb das Konzept bestehen. Es war mein Buch. Ich hatte es geschrieben.

## Das Lebendige

Im Lebendigen entstehen Einzelheiten
durch Gliederung der Ganzheit,
und zwar so, dass die Einzelheiten in
sich die Ganzheit widerspiegeln und
enthalten. Jede einzelne Zelle enthält in
sich das gesamte Erbgut in der im Zellkern
befindlichen DNA-Spirale.*

JOHN, H.: Gedanken zur Zeitsituation,
Selbstverlag, Stuttgart, 2021, S. 1

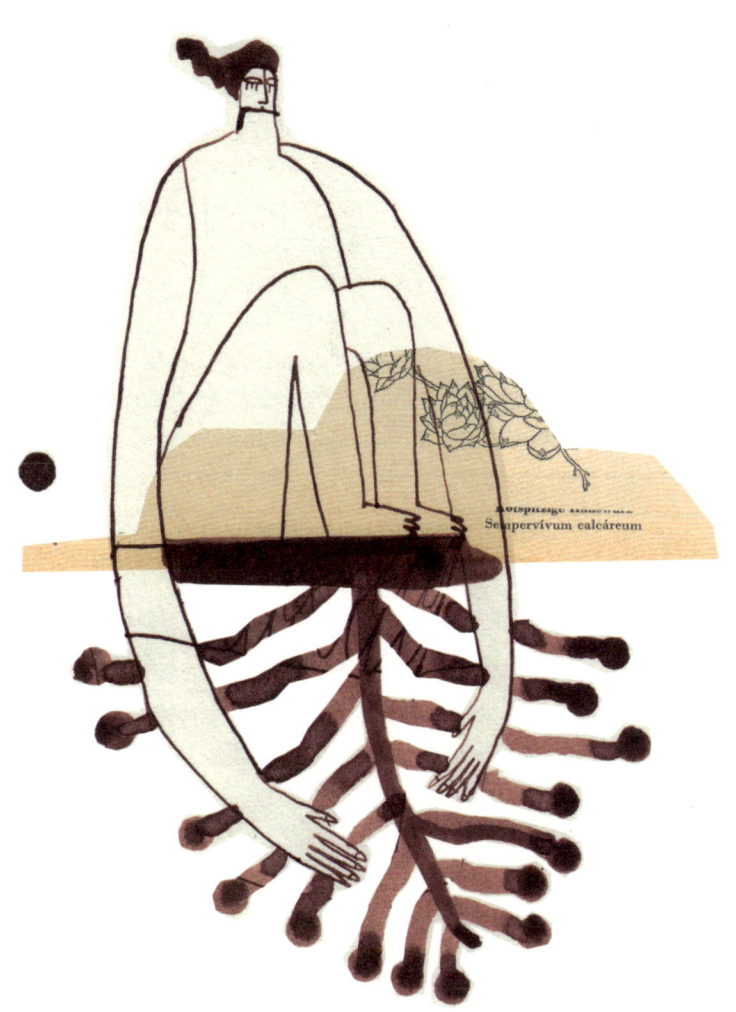

Sempervívum calcáreum

# 14.Kapitel

MAMA HATTE SICH von Norbert getrennt und eine schöne, helle Wohnung gemietet, etwas näher an der Schule. Na ja, eigentlich war es ein etwas groß geratener ehemaliger Wintergarten, dessen Straßenfront komplett aus Glas bestand. Mithilfe von Klebeband hatte Mama Tücher an den Scheiben befestigt, die immer wieder abfielen und unter denen sich bei Kälte die Feuchtigkeit sammelte. Im Winter musste man morgens von innen die Scheiben kratzen. Aber ich mochte die Wohnung, sie war schlauchförmig angelegt und hatte vorne und hinten eine Tür. Vielleicht wäre ich sonst nicht wieder zu Mama gezogen, aber so konnte ich ein- und ausgehen, wann und wie ich wollte. Wir ließen einander in Ruhe, aber wenn wir uns in der Küche begegneten, die zwischen unseren beiden Zimmern lag, freuten wir uns. Wir zeigten es nicht. Mama nicht, weil sie mich wohl nicht verschrecken wollte. Und ich nicht, weil ich nicht wusste, wie.

Einmal versuchte Mama, für uns zu kochen. Sie wollte Pizza machen. Mal was Besonderes. Aber ihr Vollkorndinkel-Teig wollte nicht aufgehen, und später löste er sich nicht vom Blech, sodass wir ihn aßen, indem wir ihn löffelweise abkratzten. Mama sagte: »Hm, seltsam.« Ich kicherte. Und dann bekamen wir beide einen Lachkrampf, bis uns die Tränen über die Gesichter liefen. Unbeholfen versuchten wir, einander zu trösten. Dann saßen wir einfach erschöpft zusammen, und das war schön.

Danach ernährten wir uns wieder, wie schon immer, von Pasta. Aber wir spezialisierten uns auf Nachtischkreationen. Wir trafen uns abends vor unserem alten Fernseher, löffelten Eis oder Schokocreme, und während Mama ihre österreichischen Krimis ansah, machte ich Schularbeiten. Auch Toni saß nun öfter neben mir auf dem Teppich, und natürlich immer meine gute, alte Hera. Sie durfte die Schüsseln auslecken.

Nachmittags traf ich mich mit Dr. Fintelmann oder hatte Termine, die mit meinem Projekt zusammenhingen.

Ich wurde Mitglied beim NABU, schloss mich Aktivitäten an, die zur Aufklärung oder zur Prävention von Gentechnik beitrugen. Ich fuhr auf Hightech-Ausstellungen. Meist waren diese Ausstellungen merkwürdig leer, Aufpasser standen herum, aber niemand, der für ein Gespräch zu haben war. Die Experten waren auf unheimliche Weise ungreifbar.

ICH FÜHRTE UMFRAGEN zu Gentechnik durch. Verbraucher, Politiker, Bauern, ich wollte einen Meinungsquerschnitt.

Von den Penny-Kunden waren viele verunsichert: »Wenn Gentechnik gefährlich ist, bin ich dagegen, aber man weiß das ja nicht …«, sagte eine ältere Frau mit lilagefärbten Haaren.

Die konservativen Politiker an den Wahlkampfständen – ich interviewte sie auf dem Wochenmarkt – redeten von innovativem Potenzial und gebrauchten Sätze wie: »Wer diese Technik ablehnt, verweigert sich der Verpflichtung, Krankheiten zu lindern, Hunger zu bekämpfen und Umweltzerstörung entgegenzutreten!«

Dagegen konterte die ÖDP: »Die Gentechnik führt zu einer weiteren Monopolisierung! Bauern werden in Abhängigkeiten gelockt, Artenvielfalt geht zurück, Resistenzen bei Unkräutern entstehen …«

Die meisten Landwirte, auch die konventionellen, lehnten Gentechnik ab. Um mit ihnen zu sprechen, trampte ich stadtauswärts und stieg einfach aus, wenn ich einen Hof sichtete. Bewaffnet mit Stift und Klemmbrett stiefelte ich über meine Schüchternheit hinweg auf sie zu. Einmal traf ich einen alten Bauern, der an seinem ratternden Traktor stand. Der Anhänger war voll mit dampfendem Mist.

»Entschuldigen Sie«, rief ich. »Ich mache eine Umfrage zum Thema Gentechnik …«

»Das Zeug kommt mir nicht aufs Feld, vorher mach ich dicht«, schnauzte der Mann. Dann schwang er sich auf den Sitz seines Traktors. Und von dort oben rief er laut: »Man soll dem Herrgott nicht ins Handwerk pfuschen!« Dann hob er grüßend die Hand und tuckerte davon.

IM SOMMER JOBBTE ich in dem Altenheim, wo Mama nun die Pflegedienstleitung übernommen hatte, und in der letzten Ferienwoche machten Toni und ich eine kleine Reise. Das hatten wir uns schon lange vorgenommen. Mama lieh uns ihren kleinen Toyota – unser hellblauer Käfer hatte den Geist aufgegeben – und wir fuhren einfach Richtung Süden, zelteten in der Provence zwischen Lavendelfeldern und wildem Rosmarin und wanderten durch kleine französische Dörfer, Hera trottete hinter uns her. Wenn uns Männer ansprachen, sahen sie immer nur Toni an, die mit ihren Sommerkleidchen und den langen schwarzen Haaren wirklich fantastisch aussah, aber Toni verachtete solche Anmacher, und so blieben wir unter uns, kauf-

ten ofenfrisches Baguette, saßen auf alten Mäuerchen in der Sonne, redeten, lasen. Es war eine herrliche Reise, sie ging viel zu schnell vorbei. Schon fing die Schule wieder an. Und dann, im Herbst, war es Zeit für die Präsentationen.

Mein erster Probevortrag, den ich im Chemieraum vor Dr. Fintelmann hielt, ging gründlich daneben. Ich hatte so viel wertvollen Stoff gesammelt, dass ich nicht wusste, wie ich ihn unterkriegen sollte. Dr. Fintelmann sagte nicht viel, aber ich bildete mir ein, dass er unglücklich aussah. Das durfte nicht sein. Ich wollte ihn doch stolz machen! Also setzte ich mich wieder an meinen Schreibtisch und versuchte, den Text neu zu strukturieren. Für einen zweiten Probevortrag fanden wir keine Zeit außer in der großen Pause. Wir trafen uns in Dr. Fintelmanns dämmrigem Labor, er hatte noch seine Schürze an, wir standen an den Versuchstisch gelehnt und ich versuchte es erneut. Der Anfang war gut, aber dann verrannte ich mich wieder in der unüberschaubaren Fülle von wichtigen Einzelheiten, und dann klingelte es.

Noch zwei Tage bis zur Präsentation. Die Projektarbeiten waren ein Aushängeschild unserer Schule, sie wurden öffentlich angckündigt und waren immer gut besucht. Ich war schrecklich aufgeregt, schlief kaum. Am Abend vorher ging ich bei Dr. Fintelmann vorbei. Ich war noch nie bei ihm zu Hause gewesen. Das Häuschen war klein und etwas heruntergekommen, wilder Wein hing bis über den Türrahmen. Mein Finger zitterte ein bisschen, als ich auf die Klingel drückte. Dr. Fintelmann öffnete und lächelte, und neben ihm auf dem Boden standen Kinderschuhe herum.

»Ich weiß nicht, wie ich das schaffen soll«, winselte ich, als ich ihm gegenübersaß.

Er nickte, schlug die Beine übereinander und faltete die Hände über den Knien. »Stellen Sie sich vor, Sie befinden sich auf einem Berg. Unten sehen Sie die Landschaft ausgebreitet und die Straßen, die zu Ihnen hinaufführen. Die Landschaft ist das Material, das Sie gesammelt haben. Die Straße ist Ihr Gedankengang.« Er lehnte sich vor, sah mich scharf an. »Sie können es schaffen!«

Bis drei Uhr morgens saß ich am Schreibtisch und ging meine Gedankenstraße auf und ab. Am nächsten Tag war ich zittrig und hatte Ringe unter den Augen, aber es fühlte sich jetzt tatsächlich ein bisschen so an, als könnte ich mein Material überblicken. Plötzlich freute ich mich darauf, es mit anderen zu teilen.

Der Saal war voll. Offensichtlich war das Thema von Interesse. Irgendjemand machte eine Einleitung, dann hörte ich meinen Namen. Ich stieg auf meinen Berg. Sah auf meine Landschaft hinab. Sah in die erwartungsvollen Augen meiner Zuhörer. Toni ganz vorne. Daneben Harri, Mama und die Wildmohnfrau. Mein Papa war, obwohl ich ihn eingeladen hatte, nicht gekommen. Aber ein paar Jungs aus der Dreizehnten! Und viele völlig Fremde. Sie waren für mich gekommen. Hatten einen Abend geopfert, um zu hören, was ich zu sagen hatte. Ich holte tief Luft. Dann ging ich auf sie zu und nahm sie bei der Hand. Und Schritt für Schritt gingen wir die Straße hinauf. Bis zum Gipfel. Wir kamen gemeinsam oben an.

Erst als ich fertig war, entdeckte ich Dr. Fintelmann in der letzten Reihe. Er strahlte. Mehr wollte ich nicht, ich war glücklich. Die Leute klatschten. Es fühlte sich alles so surreal an.

Als ich den Saal verließ, nahm mich die Wildmohnfrau beiseite. »Mensch, Mia, das war besser als die Kübler-Ross!«, sagte sie. Ein größeres Kompliment hätte sie mir nicht machen können (wusste ich doch, dass sie dieser Rednerin schon seit Jahren hinterher reiste).

ABENDS, ALS WIR Schüler noch ein bisschen feierten, schlurfte ein Junge aus der Dreizehnten auf mich zu. Es war Hacke, einer der coolen Basketballer. Er hatte ein Baseball-Käppi auf, schräg nach hinten gedreht. Als er vor mir stand, nahm er die Hand aus der Hosentasche und griff mich kurz und kumpelhaft am Oberarm.

»Hey!«, rief er mir ins Ohr, um die Musik zu übertönen.

»Ich wollte dir sagen: Dein Vortrag heute, das war das Coolste, was ich je in meinem Leben gehört habe.«

»Danke!«, schrie ich.

Es lief schreckliche Techno-Musik, aber egal. An diesem Abend tanzte ich wie wild, und es war mir schnuppe, wie es aussah.

SPÄTER FUHR ICH mit dem Fahrrad nach Hause. Es war eine laue Septembernacht, und ich nahm den längeren Weg an den Höfen vorbei. Die Weizenfelder lagen still im Mondlicht, nur ein leichter Wind strich über die Halme. Dann kamen die ersten Häuser und ich bog in die Ortschaft ein. In mir spürte ich immer noch dieses tiefe Glücksgefühl, und mit einem Mal verstand ich, woher es kam.

Ich fuhr durch die Straßen und wusste plötzlich, dass ich jetzt für immer ein Zuhause hatte. Ich, die ich von keiner Stadt mehr als zwei Straßennamen kannte, weil ich nie lange genug blieb, ich, die ich nie ein eigenes Zimmer hatte und mit elf allein unterm Weihnachtsbaum saß, ich hatte meine Heimat gefunden. Sie war groß und grün, weitläufig und vertraut und konnte nie überschwemmt werden. Denn das Land der Worte steht über allem.

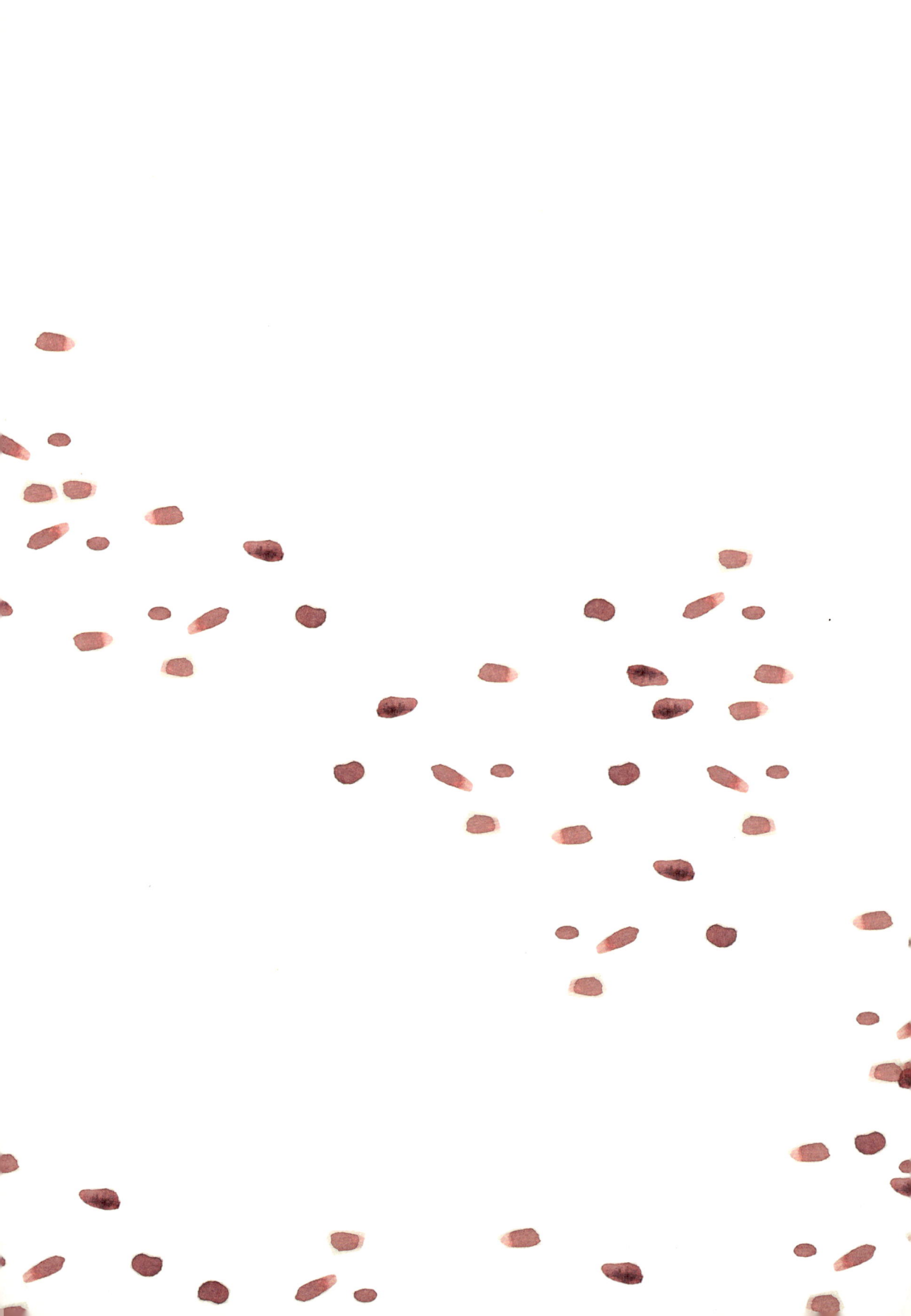

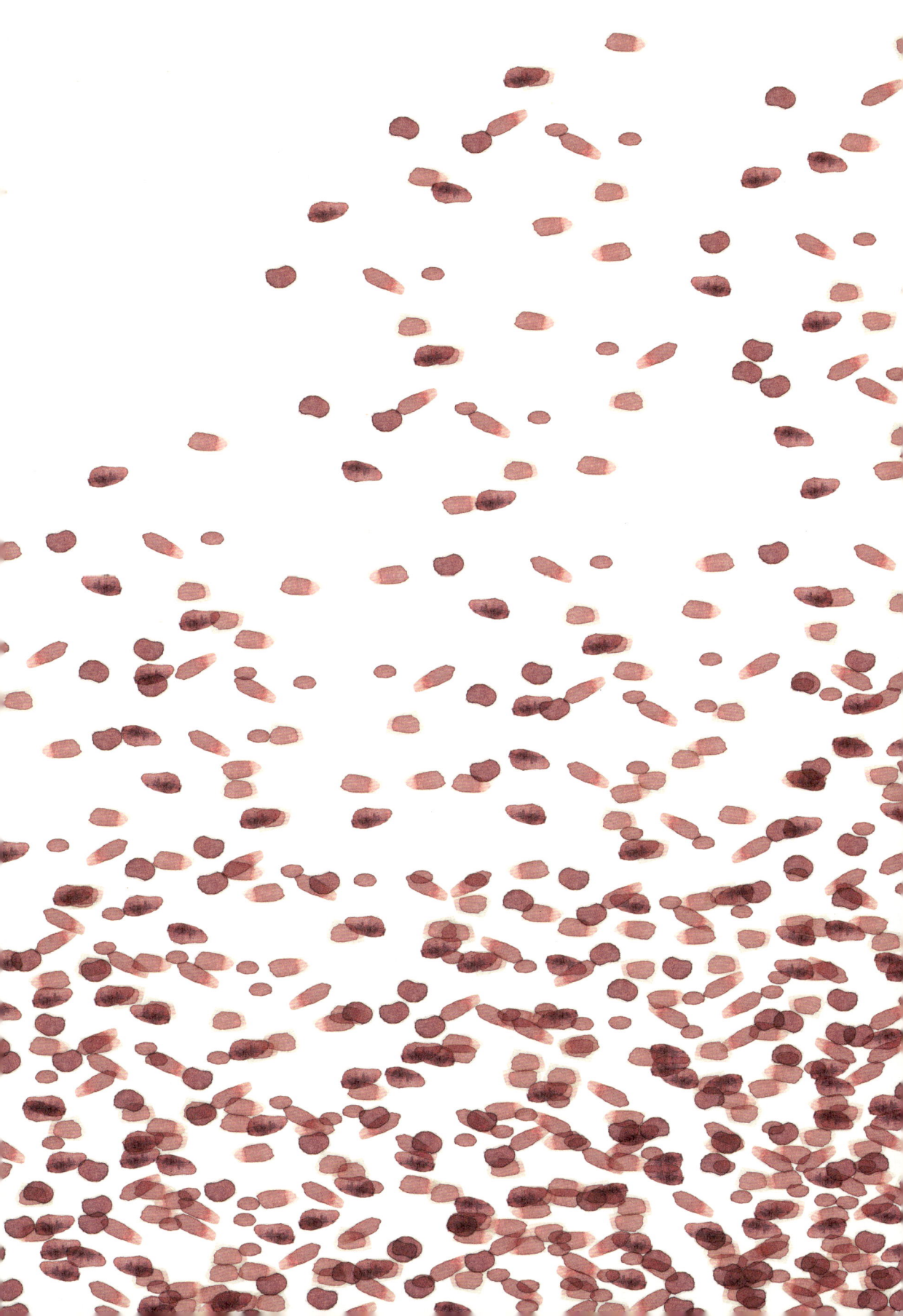

## Sarah Knausenberger

(*1980) wuchs am Bodensee auf, studierte Creative Writing an der Universität von Südafrika und lebte einige Jahre in den USA. Seit 2014 wohnt sie mit ihrer Familie in Hamburg und arbeitet als freie Autorin. Erschienen sind von (und mit) ihr bisher das Jugendbuch *Die blaue Ritterin* und der Lyrik-Collageband *Wenn ich Flügel hätte*, außerdem Lyrik und Prosa in diversen Zeitschriften. Das Herzstück ihrer Arbeit ist die Lyrik, denn dort bündelt sich die Schönheit der Sprache, von dort holt sie ihre Inspiration.

## Elke Ehninger

geboren in Esslingen am Neckar, aufgewachsen in wechselnden Orten Deutschlands, studierte an der FH Münster Kommunikationsdesign. Seit dem Abschluss ihres Studiums lebt und arbeitet sie in ihrer Wahlheimat Hamburg als freiberufliche Künstlerin und Illustratorin. Ihre Arbeiten werden in Zeitschriften- und Buchverlagen publiziert. Ihre bevorzugte Technik ist die Collage und sie arbeitet am liebsten analog, mit spielerischer Offenheit. Illustrationen sollten das Thema widerspiegeln und dennoch Freiraum bieten für eigene Assoziationen.

**Elke Ehninger und Sarah Knausenberger arbeiten seit mehreren Jahren an Projekten, in denen sich Bild und Text auf Augenhöhe begegnen.**

## Franziska Walther

ist promovierte Designerin, Buchautorin, Illustratorin, Podcasterin und Portfolio-Coach. Geboren wurde sie 1980 in der Bauhaus-Stadt Weimar. Mit Anfang 20 wohnte sie für knapp ein Jahr in Shanghai und bis 2020 für sieben Jahre in Hamburg. Heute lebt sie in Finnland. Für ihre Arbeiten im Bereich Illustration und Buchgestaltung erhielt sie zahlreiche nationale und internationale Auszeichnungen. Mit einem Faible für ungerade Zahlen, weiße Nächte und absurde Geschichten kann Franziska das Gute in Dingen sehen und mag das Schöne im Schrägen. Außerdem glaubt sie an die Liebe.

## Impressum

© kunstanstifter, 2023
kunstanstifter GmbH & Co. KG

Alle Rechte vorbehalten. Das Werk darf – auch teilweise –
nur mit Genehmigung des Verlages wiedergegeben werden.

TEXT
Sarah Knausenberger

ILLUSTRATION
Elke Ehninger, www.elke-ehninger.de

BUCHGESTALTUNG & SATZ
Dr. Franziska Walther, www.sehenistgold.de

LEKTORAT
Nele Sell

DRUCK UND BINDUNG
Gutenberg Beuys Feindruckerei GmbH, Langenhagen

PAPIER
Munken Print Cream 15, 115g/m²

SCHRIFT
Underware Dolly, Typotheque Fedra Mono

✷ HERGESTELLT IN DEUTSCHLAND ✷
Erste Auflage 2023
ISBN 978-3-948743-25-3

www.kunstanstifter.de

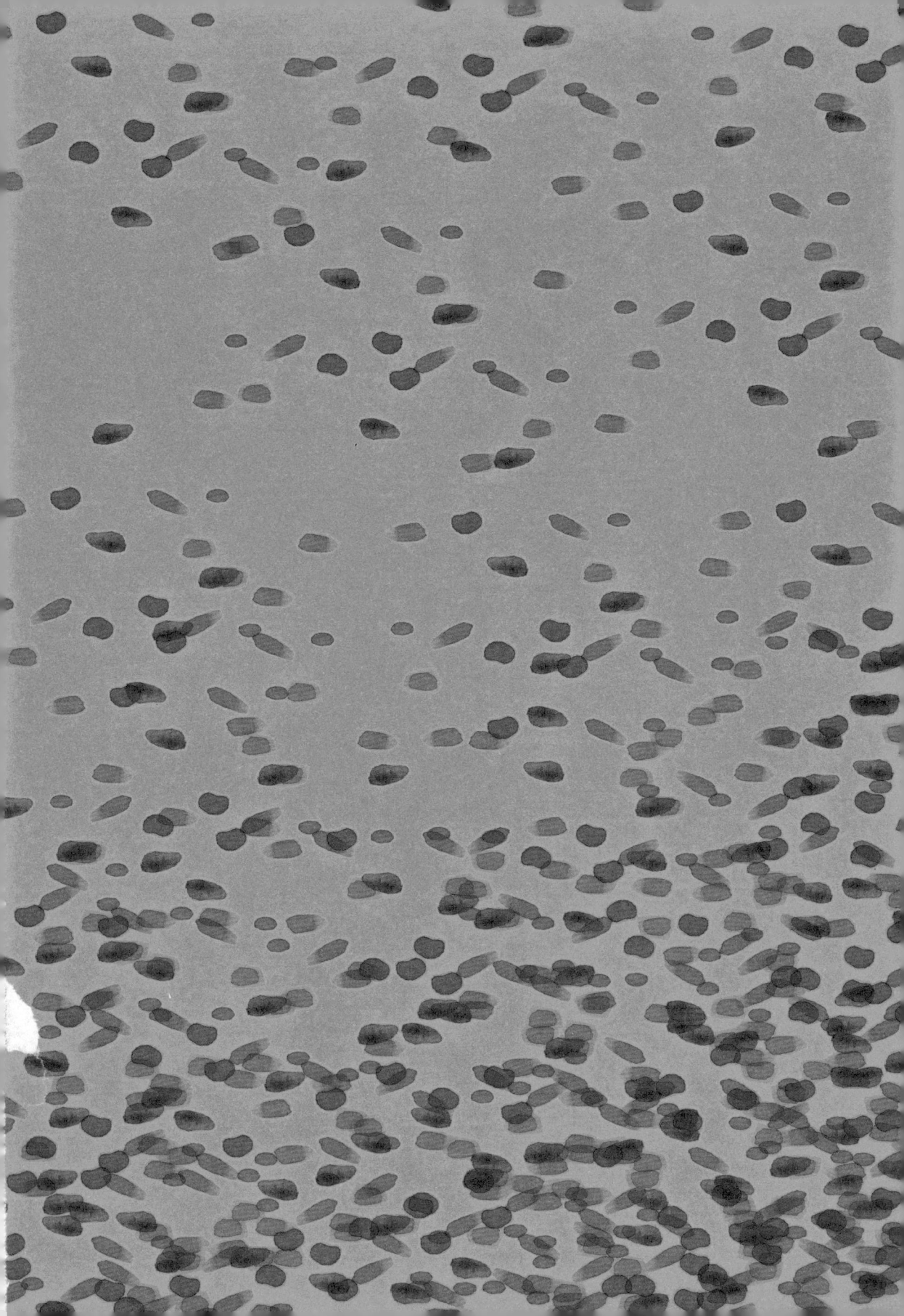

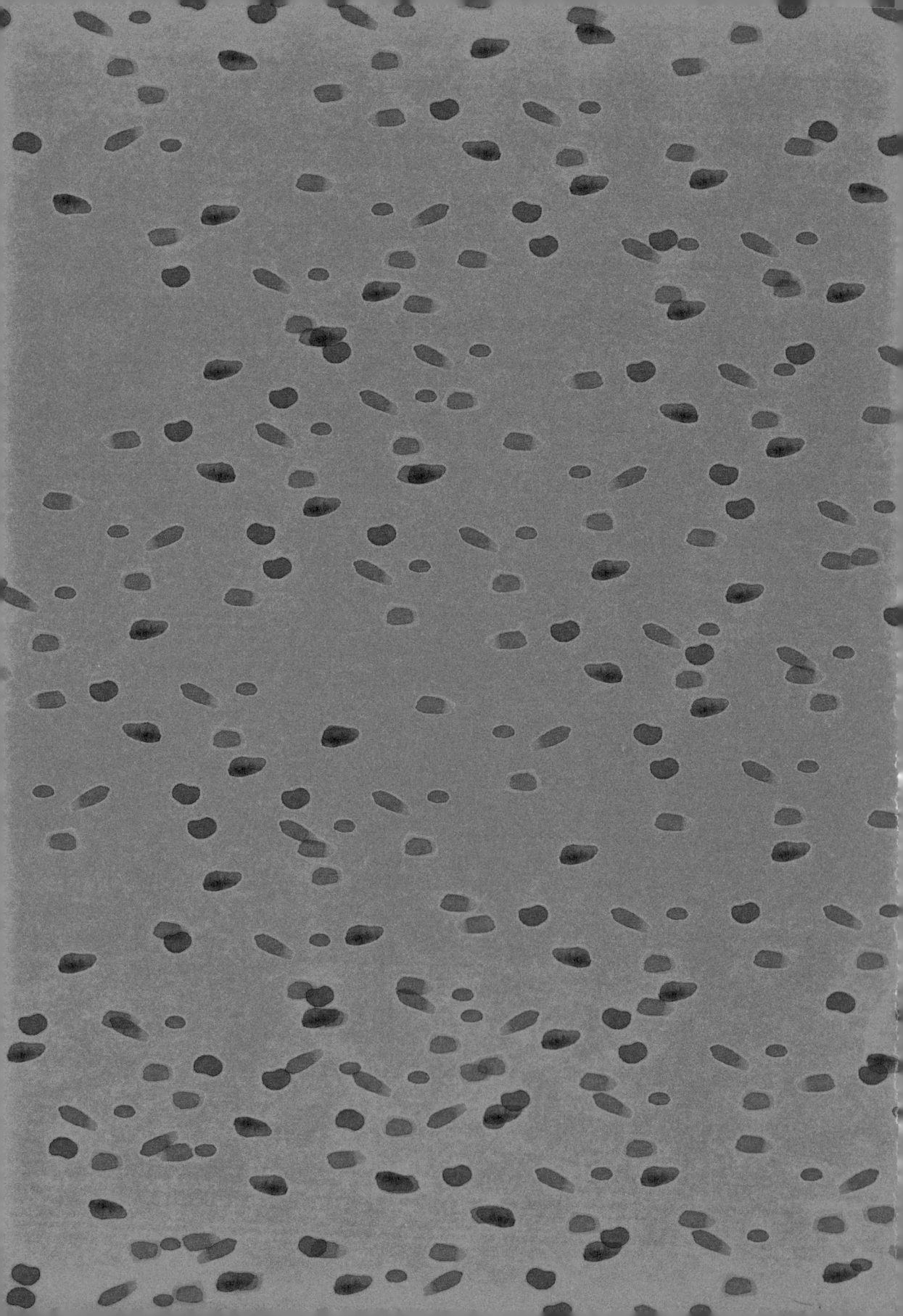